無敵の犬の夜

小泉綾子
Koizumi Ayako

河出書房新社

無敵の犬の夜

「小指なんかあってもさ、鼻くそほじる時くらいしか使わんくね？」

テーブルの下で橘《たちばな》さんのブーツの先が軽く触れた気がして、慌てて俺はソファ席に深く座り直す。

「でも俺、薬指も半分しかなくて」

テーブルの上に右手を置くと、一瞬の間があった。

「まあ、そんだけ残ってりゃ余裕やん。女とヤる時だってさ、人差し指と中指だけでこうやってさ」と、橘さんはケチャップでまだらに汚れた皿の縁を、長い指でゆっくり擦《こす》ってにやにやした。銀の太い指輪がテーブルにぶつかり音が鳴る。

女の話には興味がない。ウス、と笑ってごまかした。

「いやー、世の中バリ進化しとるんに、指の一本や二本くらい元通りにならんのかね」

マジそれっす、と答えて笑ってみるが、これ以上指のことは触れて欲しくない。その場の思いつきの提案なんかいらん。この手にまつわる話題は苦痛でしかなく、呼吸が浅く笑顔がぎこちなくなるのが自分でもわかる。だるい。それで、大抵はこの後しばらく不毛な慰めが続いたりする。もしくは「俺もガキん頃さー、こめかみから顎まで四十針も縫ったことがあるんだわ」というような怪我自慢。橘さんがそのどっちかだったら、西中のレイプ事件を持ち出して、無理矢理話を変えようと心の準備をする。でも橘さんは「ごめん」と言ったきりテーブルの上にあった誰かのコーヒーを啜《すす》ったので、

「え？　いやいや別に気にしてないっすよ。四歳からずっとこれなんで、マジで何言われても何も感じんっす」

と、気を遣って強がり、バルタン星人みたいな右手を笑って振った。

四歳、二〇〇八年の正月のことだった。リバーウォーク北九州に福袋を買いに

行こうと、朝からバタバタと準備をしていたかーちゃんは、ふざけてたんすの中に隠れていた俺のことに気づかず思い切りその扉を閉めた。扉の隙間にはみ出していた俺の指は、勢いよく跳んだ。その瞬間の記憶の映像はないし、痛みもなかった。それよりも、時を止めるかのようなかーちゃんの長い絶叫にやたら興奮したのを覚えている。視界がぱあっと明るくなり、未来まで照らすような歓声が聞こえ、なんか気持ちがよかった。まるであれだ、「サプラーイズ」と誰かがクラッカーを鳴らして飛び出してきた、あの感じ。

「じゃあさ、その指って今どこにあるん？」

橘さんが言った。

「えー指っすか？　考えたこともなかったっす」

「へその緒みたいにさ、家のどっかに保管してるんとちゃうん？」

「いやいや、あり得んっす。ばーちゃんは俺のもん、何でもかんでも捨てるし。通帳とかまで捨てられたっすよ」

「えーじゃあ指も、ゴミ箱に捨てたっちゅーこと？」

「たぶん」

「そげんなもんかねえ」

そげんなもんっす、と答えたが、気になったのでその日の晩、こたつでウトウトしているばーちゃんを起こして聞いてみた。

「俺の指ってさ、もう捨てたん?」

初めは寝起きで意識が朦朧《もうろう》として要領を得なかったけれど、「何や、指? あぁ、界《かい》の指はな、うちの代々のお墓があるやろ。あっこの隅に埋めてあるわ」と言うので驚いた。

「は? なんで?」

「なんでって。そりゃーあんた、持って産まれてきた大切なもんやけん、捨てるわけにもいかんじゃろうで。うちのご先祖さんの世話してくれる、三光寺のボンさんおるやろ。あん人に頼んでな、小さい箱に入れて特別に埋めてもろたんや」

「じゃあ何かい、俺は毎年自分の指に向かってお参りしてたっちゅーこつかい」

「そういうことになるわなぁ」

入れ歯を外した口で、かっぽかっぽとばーちゃんは笑った。龍角散の匂いのするばーちゃんの部屋。点《つ》けっぱなしのNHKで、氷川きよしが誰かとデュエットしていた。

「ほんで界ちゃん、指のことなんか急に気にして、どげんしたとかい」

「いや今日友達に聞かれたけん、気になっただけてや」

「まーだ指のこつでいじめる子がおるとかい？　せからしかねえ」

「もうおらん。俺の周り、もうそげんガキやねーし」

ばーちゃんと喋ると、釣られて地元の方言が濃くなる。妹の美咲《みさき》はそれが嫌だと言って、標準語を使おうと頑張っているが、余計に田舎者に見えて痛々しい。

「ほうかい。そりゃ良かったな。ばーちゃんぐれの年になるとな、胃を半分切ったとか、足が立たんとか、耳が片方聴こえんとか、皆どこかしら壊れてしまうんやけん。気にせんこったい。男は度胸やけんな、小さなことは気にせんでええ」

「せやね。ばーちゃんは歯が全部無いしな」

「苦労して生きてきた証拠じゃら」

お湯をちっとばかし沸かしてポットに入れてくれんかの、と言われ、台所に向かう。美咲が散らかった台所の隅で、息してんのかと不安になるくらい真剣に、スマホで動画を観ている。ここが家の中で一番電波が強く届くらしい。古い新聞紙が貼りついた木の床に体育座りをし、画面を観続けたまま「にーちゃん生きとったん?」と言った。

「お前さぁ、まだそんなクソだせーアニメにハマっとるん? オタクやん」

画面を覗き込むと、パッと胸に押し当てて隠した。

「学校で流行ってるから、観ているだけですけど?」

「だっせー。あとそのエセ東京弁キモいわ」

「うるさいんですけど。にーちゃん、にーちゃんのクラスの担任の先生が美咲んとこ来たよ。『学校を休んでる理由に心当たりはありますか』って」

「で? お前なんて言ったん?」

「何も。『家ではいつも通り、普通に元気ですけど』って言っておいたよ。そしたら何かあったら教えてくださいって言われた」

「あいつに余計なことペラペラ喋んなや」

「先生にね、『妹さんは真面目で優秀で、お兄さんとは全然違いますね』って褒められたんだ。美咲がバスケ部に入ってることも知っとったし」

「あっそ。あいつキモくね？　女子と喋る時だけ、顔が赤くなって嬉しそうやん？」

「そう？　知らん。ニコニコして優しそうな先生だったけど」

「あいつバリキモいから、マジで近づくなや」

「文句あるなら学校行きなよ」

うるせー、と言いながら美咲のジャージの襟首をグッと引き上げると、「やめてよ！」と暴れて睨《にら》まれた。


担任の半田《はんだ》は今年、福岡市内の私立中学からやってきた最悪の生物教師で、二十五歳の小太り眼鏡、そしてトレードマークの糊がパリッと利《き》いた白衣に黒髪マッシュルームヘア。キノコ系のあだ名を欲しがっているとしか思えなかった。奴は俺たちのことを隠すことなく「田舎者」と見下していた。「前の中学で、何か事件を起こし飛ばされた」という噂がどこからともなく広まった。生徒の着替えを盗撮したとか、出会い系サイトで未成年を漁《あさ》ってたとか、そんな性的な噂。奴は多分ガチの変態。しかし父親が教育委員会の偉い人らしく、だから奴にとって都合の悪い証拠は全て揉み消されてきたらしい。

　ある日、ヤマの家のリビングでだべっていた時、半田の話になった。ヤマの家にはいつもペヤングソースやきそばが大量にストックされており、ヤマのにーちゃんに頼めばそれを一個五十円で恵んでもらえたから、俺はしょっちゅう家に入り浸り、ペヤングを食いながら一日中ゲームをして過ごした。

「半田さー、あいつ、正真正銘の変態やんなぁ」

「マジでそれな。この間、田中杏奈《あんな》が生物室に呼ばれた話、界も知っとる？」

「知らん。なんそれ」

「田中杏奈を呼び出してさ、『君はコンドームの着け方を知っていますか？』って質問したらしい」

「は？　それセクハラやん」

「あいつ、彼氏がおるやん。だから、将来を守るために必要な知識なんだとか、なんかそれっぽい理由をつけてさ」

「そもそもなんであいつに彼氏がおることを、半田が把握しとるん？」

　そうツッコむと、ヤマがタイミングよく「それな」と言った。コントローラーを床に置き、俺に向き合う。

「準備室で半田はな、ヘチマかゴーヤか忘れたんやけど、ポケットからそれを取り出してさ、実際それにゴムを取りつけてな、実演してやったらしい」

「それはさすがに一線を越えてしまっとるやろ」

俺たちはゲラゲラ笑った後、半田をこのまま野放しにするのは危険だから天罰を下そうということになった。翌日の昼休みに、校舎を抜け学校の駐車場に行った。青空が力強く広がり、自分たちの存在を小さく感じる秋の一日だった。植物の甘く乾いた匂いが陽差しの方から漂う。学校を抜け出してコンビニでコーラでも買って、あのデカい木の下で昼寝でもしたい。昨日のノリや決意なんか今はもうすっかり消え失せていて、目の前には別の新たな選択肢もあることに気づいたが、そんなことは言い出せずにヤマの後ろをノロノロついて行く。

「なあ、今日って軽犯罪日和《びより》やなぁ」

大きく伸びをしながらヤマが言った。

「なんそれ」

笑ってヤマの小さい背中を叩く。どこで知識を仕入れているのか知らないが、ヤマは時々独特の表現を使った。

半田の赤のミニクーパーの前に立ち、俺たちは計画通りに極太油性ペンでそれぞれ文字を書いた。「変態」「犯罪」「チンカス」などなど。だけどビビって文字が小さくなってしまった。想像していたよりも随分とインパクトに欠けてしまった。

「ヤマ、文字小さすぎん？　これじゃ何も伝わらんくね？」

奴が気づくかどうか、不安になる。ホームセンターで、油性ペンよりもカラースプレーを買うべきだった。今さら引き返すこともできず、少し考えポケットから家の鍵を取り出して、一本長い線を引いてみる。国道三号線をイメージした。ちょ、お前何しよるん、とヤマが笑いを堪《こら》えながら軽く体当たりしたので、線が大きく揺れた。

「こんくらいしとかんと、あいつは調子に乗りすぎやけん」

そう言うと、「それもそうやな」とヤマもうなずいた。

次にロリコン、と削ろうと思ったが「ロリ」までせっせと削ったところで急激に気持ちが醒めて飽きてしまい、残りの「コン」は、面倒なのでペンで書き足すことにした。完成したいびつな「ロリ」「コン」はかなりインパクトがあり内心ヒヤッとしたが、自分たちの行いに満足したふりをして笑い合いながら走って教室に戻った。

それから数時間後には、俺らの犯行はあっさりばれていた。しかも半田が校舎二階の生物準備室から、犯行の一部始終を目撃していたらしかった。職員室の半田の机の前に立たされた俺たちは、うつむき、にやにやと笑って肘でつつき合った。ヤマが俺にだけ聞こえる声で、「だってさ、俺らは事実を書いただけやんな?」と言った。

学年主任の体育教師がやってきて、

「こんクソガキ共が。何したかわかっとるんか」

と、俺らの頭を平手で一発ずつ殴った。コントみたいないい音がして、恥ずかしかった。

「こいつら昔からこうなんですよ。くだらんいたずらばっかりしよるとですよ」

「ボクは別に気にしてないです。彼らが罪を認めて反省してくれればそれで」

「ほら、半田先生もそう言ってくれとるんやけん、さっさと謝れや」

「すんませんでした」と俺らはヘラヘラ謝り、ロリコン成敗事件はそこであっさり終わったと思っていた。


翌日、午後一番の生物の授業が始まるや否や、半田が黒板に大きな文字で「人権の授業」と書いた。

「世の中は、残念ながら平等ではありません」

そうだよね？　と言うと、いきなり教卓を両手で叩いた。前の席の女子がびくっと肩を震わせたのが見える。

「世の中っていうのはね不公平なんだよ。わかる？　それは目を背《そむ》けてはいけない事実なの。かわいそうな人や弱い人がいたら、ボクたちは優しくしてあげなければいけません」

黒板に「かわいそうな人」と書いて丸で囲み、そこに矢印を引き、「優しくする」「守ってあげる」と下手くそな字で書く。

「かわいそうな人っていうのは、例えばどういう人かわかるかな？」

突然指名された女子が、「えーっとだから、家が貧乏な人とか?」と答えると、半田は「その通り!」とはしゃいで言った。そして黒板には「貧乏」「病気」「心身障害」「虐待」「事故」「紛争地域」などと言葉を書き連ねていく。

「他には? まだあるよね?」

教室がしんとする。いきなり何だよ? という空気が教室内に漂っている。昼飯の後ということもあり、俺は大きなあくびをして窓の外を見た。

「かわいそうな人と言えばさ、手の指がない人とかもいるよね」

俺以外なら聞き逃してしまいそうな早口で、半田はそう言った。半分開いた口のまま、俺の動きは止まった。半田の発言には衝撃を受けたけど、それはいつも恐れていたことで、心の奥では待ち望んでいることでもあった。「お前は普通にはなれない」。早くはっきりそう言ってくれよ、俺はわかってるんだからさ。

「指がない人。そんな人が普段の生活に紛れ込んでるなんて、信じられる? ボクはね、今までそんなかわいそうな人に会ったことがなかったから、びっくりしちゃったんだよね。その人はきっと想像だけど……、それってきっと人生辛いよね。そういう人は『社会のお荷物』と呼ばれて立派な大人にはなれません。だってさあ、考えてもみてよ。指がなかったら、勉強だって運動だって人並みにはできないもんね」

誘拐犯が子供に接触する時みたいな、不吉で硬い笑顔をしていた。教室の空気がサッと凍る。クラス全員が、俺の指のことを言っているのだと気づいている。黒板の「かわいそうな人」の下に「指がない」と書き、「あーこれはたとえですよ？　たとえ。実在の人物や団体とは一切関係ありませんからね」とわざとらしく言った。奴の演説はまだ続く。

「かわいそうな人にはさ、皆で優しくしてあげなきゃいけないよね。何かひどいことをされても、黙って許してあげなきゃいけない。仕方がないよね。だって向こうはかわいそうな人なんだもん。努力したってボクたちには追いつけない弱者なんだから」

わかりましたかー？　と半田は言って五本指の手を振った。誰も返事をしなかった。「あれ？　おかしいな。ねえ皆ボクの話聞いてた？　えーと竹中さん、どう思いましたか？」とおとなしい女子を名指しした。竹中里実《さとみ》はうつむき、泣き出してしまった。俺と竹中は保育園の頃から一緒で、ばーちゃん同士がいとこだった。

その後であいつが、何を言って授業を再開させたのか覚えていない。でも授業は続き、終わり、そしていつの間にか一日の最後の授業まで終わっていた。


家に帰ると、弁当箱を投げるように台所のテーブルに置いた。ばーちゃんはふたを開け、

「やっぱ界ちゃんは男ん子やな。米をぎゅうぎゅうに詰めたんに、ぺろっとよう食べてくれるわ」

と、空《から》の弁当箱を前に両手で拝みだした。何でも拝むのがばーちゃんのクセだ。この間なんかこの辺では珍しい、外国人労働者に向かって拝んでいた。

「あんたは男ん子やけん、美咲を守ってあげるんよ」

ばーちゃんはいつも俺にそう言って聞かせた。もちろんそうしてやりたかった。

小さい頃から俺は落ち着きがなく、いたずらが好きでよく大人に怒られたが、つるんでいても他の奴らは見逃され、俺一人だけがよく怒られた。俺が目立つのは、この手のせいだ。弱みはあっさりばれて、簡単に目をつけられていじめられ

る。人は誰でも、自分のために相手の弱みを利用する。「それ」について誰かが何か言えば俺はもう、一言たりとも何も反論できないとわかっているから。世の中なんかそういうもん。屈辱はやり過ごして耐えるしかない。それ以外の方法なんてあんのかよ。

ばーちゃんがいなくなった後、しばらく台所の流し場の前に立っていたが、衝動的に包丁を引き抜き、左手で握りしめた。ぶっ殺す。全身が震える。隣の家から夕方のニュースの音が小さく聞こえる。何とかかんとかで、明日も一日何とかとなるでしょう。

とろけるような夕日が目の前の古い小窓から差し込んできて、天井からぶら下がる蜘蛛《くも》の巣がキラキラと光っているのが見えた。

なんで俺だけ、なんで俺だけなん？　奥歯を嚙むが震えが止まらず、眼球が飛び出しそうになる。なんで俺だけがあんなこと言われなきゃいけんわけ？　あのブタ野郎、変態クソキノコ、絶対に殺す。喉の辺りをグサッと刺せば一瞬やん、簡単に殺《や》れるやん。思い知らせてやる。ふざくんな。今すぐ俺の目の前から消えろ。殺せば終わる。

思い切り包丁を振り上げ、古いまな板に叩きつける。ゴッと大きな音がして刃先が板に刺さった。目の前にあいつの生首が転がるのを想像した。細く血を流し、舌をだらりと出した白目のあいつの顔を想像するだけで反吐《へど》が出そうで、やる気が萎《な》えてしまう。それな。どうせ俺は、そんなことできるわけないやろ。釣り堀で釣ったマスの腹に包丁を入れることすら気味悪く、ヤマに代わりにやってもらったことを思い出す。あんな奴、わざわざ殺して何になるん？　殺したって、そんなことしたって、どうせまた似たような奴がやってきて、俺を叩きのめそうとするだけやん。

「何か音がしたか？　また棚が落ちたんか？」

台所を確認しに戻ってきたばーちゃんに背を向けたまま、「ばーちゃん、明日から弁当いらんけん」と言った。

「なんでじゃら？」

「学校やめたけん」

「なーに言いよるんじゃら。中学は義務やんね。みんな卒業せにゃあ」

「で？　その後は？　どうなるん？」

「高校やろが。あんたじゃったら工業高校ぐれなら行けるじゃろ」

「無理やし」

「無理なわけあるかい。向かいの望月さんとこの息子、ちーと頭足りん子じゃったけど、あの子でも行けたんじゃけ」

かっぽかっぽとばーちゃんは笑う。

「いや、多分高校は行かん」

「なんでじゃら？　慌てんでもまだあと一年はあるけん、勉強したらええじゃろうに」

「決めたんよ。まぁ俺はちゃんと言ったけんね。とにかく弁当はいらんよ」

「アホな子じゃら。ばーちゃん、怒るど？」

ばーちゃんは勝手口に立てかけてある箒《ほうき》を摑むと、俺を睨んだ。ばーちゃんは畑仕事のせいで背中が折れ曲がってしまって、身長なんか俺の半分くらいしかない。本気を出せば、ばーちゃんなんか、俺がやることの一つだって止められない。この家では俺が一番強い。で？　一歩外に出れば俺は最弱、かわいそうな人、社会のお荷物？　だからふざけんなって。情けなくてまた涙がこみあげてくる。俺はばーちゃんの横を乱暴な足取りで通って、自分の部屋に戻る。

*

橘さんに会ったのは、その後だった。俺は学校をサボって連日、本人不在のヤマの家でテレビを観ながらゴロゴロしていた。「徹子の部屋」で芸人に無茶振りして大興奮している徹子の姿をスマホで撮影し、誰かにLINEで共有しようとしたものの、アイコンを眺めているうちに疎外感が襲ってきて、スマホをソファに放り投げた。時間が経つにつれ、あの時クラスの奴らが誰一人かばってくれなかったことに対して、かなりムカついていた。

しかし不登校がうまくいったのは二週間ほどで、ある日、コンビニのパートから帰ってきたヤマのかーちゃんにあっさり見つかってしまう。

「あんた、人んちに勝手に入って何しよるとね？　学校はね？」

それでおしまい。居場所がなくなり、次はヤマのにーちゃんの友達だとか何とかいう人たちの集まりにダラダラと顔を出すようになった。常に四、五人で誰かの家に集まりダラダラしたり、ファミレスやカラオケ屋で時間を潰した。普段何をしているのかわからん奴らといても話が合うわけもなく、時々、年下だからという理由だけでからかわれたり、仲良くしていると思っていたのに金をむしり取られたりすることもあった。だけどここ以外、俺が居てもいい場所はなかった。良くない方向へ引きずられていることはわかっていたけど。

深夜のジョイフルで、氷で薄まった炭酸をずるずる飲んでいる時、向こうから来る人と目が合った。あの時のあれ、たんすに挟んで指を吹っ飛ばした時と同じ感覚が蘇《よみがえ》る。時が止まり、世界が幕を開けたみたいにぱあっと明るくなる、あの懐かしい心地よさ。喉の奥から喜びが広がるのを俺は確かめた。

「あれー、タチバナじゃん。どしたんね、久しぶりやん」

たばこを吸おうとしていた手を止めて、林さんという俺らのグループのリーダー格の男が立ち上がり、大げさにあいさつをした。

「タチバナお前、何その恰好《かっこう》。相変わらずバリイケとるやん。そんな金マジでどこにあんだよ」

「あるとこにはあるんだって」

タチバナと呼ばれた男が笑うと、他の奴らも釣られて笑顔になった。

「ふざけんなし、どうせ女やろ？　俺もそのＧＵＣＣＩのリュック欲しいわぁ。飽きたらでいいけん、それくれん？」

「お前に？　やるわけないやん。ちなみにこれ、二十万した」

「は？　嘘やん。二十万って、うちの親父の年収と一緒やん」

「年収？　やべーやん」と、笑いながら橘さんは俺の隣に深く座った。緊張しながら軽くお辞儀をしたが、そんなの誰も見ていなかった。

「初めて会うよな？」と橘さんは俺に言った。

「中学生？」

「まあ、はい」

「学校でいじめられてるん？　だからこういうとこに夜中に来てさ、イキってみたりしとるん？」

「いや、別にそういうわけじゃないっすけど」

「いいよ別に嘘つかんでも。じゃあさ、お前は何にムカついてるん？」

質問がいくつか飛んだ気がして頭が追いつかない。答えられず、黙ってうつむく。

「ねえ俺の忠告、一応聞いとく？」

「え？　じゃあ、まあはい」

「こんな奴らとつるむの、絶対にやめとけって。あいつら、高校行ってないヤンキーばっかりやん。お前以外、全員人生終わってるやん。全員ジャージで無職でさ、一日中プラプラしてる奴らばっかやん。林と花岡なんて前歯もねーしさ」

周りに聞こえないほどの小さな声で、橘さんは言った。

「俺、他人の歯とかよく見たことないっす」

ふざけて言ってみたが、あっさり無視された。

「さっき入口のとこで近田から聞いたけど、今日も料理にクレームつけてタダにしてもらうつもりなんやろ？　しかも三回目ってマジなん？　中卒でクレーマーとか底辺もいいとこやん。ぜってーそろそろ捕まるって」

「だって、金持ってねーし」

「だったら店来んなや。そんなんが理由になるわけないやろ。犯罪行為よ？」

五分前にドリンクバーのジュースでうがいをしてババァ店員に注意されていた

奴が、また同じことをやろうとしてタイミングを窺《うかが》っている。何が楽しいのかわからない。ババァ店員のことが好きで気を惹きたいのかも。あいつは俺をいじめないけど、いつも病気のサルみたいに落ち着きがなく、食べ物はボロボロこぼす。

「お前、このままでいいん？」

いいわけないっす、と俺は答えた。橘さんは茶色のハットに紺の新品にしか見えないトレーナーを着ていて、その下から赤茶のネルシャツがはみ出しているのが見えた。重ね着なんかしてる人物を生まれて初めて見た。俺はただ圧倒されていた。チラチラ見ていると、「あ、これＤＩＥＳＥＬのやつ。バリいかしとるやろ」と服を引っ張りながら教えてくれた。

「てかさ、その手どしたん？」

橘さんが驚いて聞いたので、俺はテンプレ通りの言葉を発した。ガキの頃　たんすに挟んで　吹っ飛ばしちゃいました。

「あー、なんかごめん」と言って、誰かの飲み残しのコーヒーを啜る橘さんに、俺の方が慌てて、「気にしてないっすよ」と言うと、「それのせいで、いじめられたりしたん？」と、聞かれた。

「まー、そりゃ」

「あいつらといて楽しい？」

「まあ、学校よりは」

「へえ」

「担任が俺のこと、障害者扱いするっちゅーか。それで、めんどくなって」

「なんそれ。マジで？　最低やん。そんなん人としてアウトやん」

「まあ、よく考えたら俺も悪かったし」

「いやいや、差別はいかなる場合もアウトっしょ」

「かもしれないっす」

「ねえ、じゃあさ、今からそいつのとこ行ってシメようや」

「は？」

「いや、マジでさ。お礼参り。だってそいつ、普通に生かしておくのはダメな感じでしょ。悪は成敗せなやん。じゃないとそいつ味占めてさ、さらに図に乗っちゃうよ？」

ねー皆、俺ら行くところあるから。ソファ席から元気よく立ち上がると、橘さんはそう宣言してふざけて俺の肩を抱いた。

「え、今からっすか?」

「うん」

「マジでやるんすか? 今から?」

ははは、と笑ってみた。

「お前、ビビっとるん?」

「いや、別にそういうわけやないんですけど、なんで俺なんかのために」

「俺さ、今日退屈してたんよ。悪い奴がいたらぶっ殺したい気分やったんよ。そしたらちょうど、情けねーヤンキーに挟まれて、居心地悪そうにＳＯＳ出してる中学生と目が合ったっちゅーだけ」

ドリンクバーから戻ってきた奴らがソファ席に集まってくる。

「じゃあね。俺ら行くとこあるけん」

「えー、どこ行くん? 俺も行きたい」

林さんが言った。

「お前はダメ、お前らは一生ここにいろ。そんで、いつの日かくたばれ」

「ふざけんなよ。なあ界、お前さ、今タチバナのことを救世主みたいに思っとるんやろ？　タチバナを見る目がキラキラしとるもん」

「いやあ、まあ」

「タチバナがお前に何話したか知らねーけどさ、気をつけろや。それがいつものこいつのやり方やけん。策士っちゅーか詐欺師っちゅーか、人の弱みを握るんがうまい悪人やけんな？」

「いい加減なこと言うなや。こいつ嘘つきだからさ。界、お前はそれ信じらんでいいけんな」

「いやいや、俺はマジで言ってるけんね。タチバナはいつか恨みを持った誰かに刺されるって思っとるよ。この間だってさぁ……」

「うるせーな。じゃあさ、本人に直接聞こうぜ。界、お前は俺と林とどっちについて行きたい？　今ここで決めろよ」

「界、こいつの話を鵜呑《うの》みにすんな。その若さで、タチバナの養分になったら終わりよ？　俺たちと一緒に一生ここにおろうや」

林さんが前歯のない口を開いて笑顔を作り、一瞬だけ鋭い目をして俺を見た。

店を出ると橘さんはめちゃくちゃ恰好いいマットブラックのロードバイクに乗り、俺はその後ろを油の切れたママチャリを漕《こ》ぎながら慌ててついて行った。風のない静かな夜で、自転車を漕ぐたびに、闇が柔らかく身体にまとわりつくのを感じた。耳元で自分の荒い息遣いだけが聞こえる。

あいつがいるマンションの駐車場に、ミニクーパーが一台だけバックで停まっているのを見つけた。修理に出したのか、落書きはすっかり消え、ボディは綺麗《きれい》になっている。

「あいつ、七〇六号室みたいっす」

駐車している場所のコンクリートの上に、部屋番号が書いてあるのを俺は見つけた。

「七階？　高層階ってこと？　調子乗ってるやん」

橘さんは景気づけだと笑いながら、駐輪場に停めてある自転車を順に、がしゃんがしゃんと蹴飛ばしながら、エントランスに向かった。

「武器とかは……」

「は？　相手は中学の先生やろ？　んなもん人類で一番弱い生き物やん。素手で十分すぎるっしょ。界、手加減しろよな。殺しちゃだめよ」

エレベーターの中で俺の肩をグッと抱き、顔を近づけそう言った。緊張しすぎたのか、急に身体の力が抜けそうになる。何なんこの人。いきなり現れたスーパーヒーローやん。神か？　後光が差しとらん？　誰かに言って欲しかったこと、やって欲しかったことを、あっという間に全部やってくれた。

ピン、と鳴ってエレベーターが開く。目の前にいたのは運よく半田、灰色のスウェット姿で、スマホから顔を上げずにずけずけとエレベーターに乗り込もうとしてきた。

「あ」

やっと顔を上げた半田と俺が、同時に声を出す。

「え。界、このキノコ？　マジ？」

何度かうなずくと、橘さんは半田のフードを摑んでエレベーターの奥に引きずり込み、「閉」ボタンを連打した。

「お前が界の担任のせんせー？　きさん、調子こいてるんやってな？」

エレベーター内の狭い空間で馬乗りになった橘さんが立ち上がり、ブーツの足で半田の腹に何度か蹴りを入れる。半田の荒い息遣いとかすかな悲鳴が聞こえる。

「何？　何？　ご、五島君《ごしま》？　た、助けてくださいっ」

顔を上げ俺を見る、半田の小さな黒目は揺れていた。手を出していいものかわからず、黙ったまま俺は奴を見下ろした。勢いでこのまま簡単に殺してしまえる気がした。目のくらむような高揚感を止めるものは何もなかったが、最初の一歩の踏み出し方がわからず、肩で息をするばかりだった。半田はその隙に、よろめきながら起き上がり、なんとか「開」ボタンを押そうとした。

「ちょっとちょっとー。せっかく会えたんやけん、慌てんでくださいよ。どこ行くつもりっすか？　キノコせんせー」

エレベーターのボタンの前に身体をねじ込み、狭い空間の中で二人は摑み合いになる。身体がぶつかり合う音がした。

橘さんが半田の顔面を摑んで壁に押し当て、下半身を蹴り上げる。半田がむぐむぐと唸《うな》りながら必死に謝っている。それを無視するように、「お前もやれよ。すっきりするけん」と橘さんが言った。

「消えろ、雑魚《ざこ》が」

　俺は、倒れ込んだ半田の腰の辺りを蹴った。丸まった半田はただの灰色の肉の塊で、俺のボロいコンバースで、ぶよぶよのその身体を何度も蹴った。橘さんが半田のフードを掴んで奴の上体を起こす。

「消えろって。聞こえとる？」

　わかりました、わかりましたぁ、と半田はうずくまってひぃひぃと泣いている。

「界、あんな、頭蓋骨っちゅーのは硬いヘルメットみたいなもんやけん。狙う時はここのこめかみを狙うんよ。人間はここが急所やけん。両側から押すと一気にぐしゃっといくけん」

「や……、やだぁ」

　半田は小便をジョロロロと漏らした。

「うわ、ちょ汚ねえな、最悪やん」

　半田から身体を離した橘さんが、半田の背中でブーツについた染みを拭き取った。それから半田のスウェットのポケットから財布を抜き取り、四、五枚ほどの札を「クリーニング代あざーす」と引き抜いて、自分のデニムのポケットに入れた。

　ドアが開くと、橘さんは半田を七階のフロアに蹴り飛ばした。奴は転がったまま石になり、微動だにしなかった。

「あいつ、小便漏らしてたな」

　二人になったエレベーターの中で橘さんが俺の肩を叩いて言った。

「界、この後どうする？　ジョイフル戻る？」

「え？　今から？　いいっすけど」

「アドレナリン出た後は、甘いもん食うと落ち着くってさ」

　指をさされ、俺は手が震えていたことに気づいた。両手を目の前に広げ、興奮している自分を冷静に見つめる。

「甘いもん苦手？」

「いや、大好きっす」

「じゃあ、戻るか。まださっきのクズヤンキーたちおるかなぁ。俺らの武勇伝聞かせようや」

　無灯火のまま自転車に乗り、来た道を今度はゆっくり戻る。池にいる気取ったカモの親子みたいに夜道を一列になって橋を渡る。

「なぁ、警察署の前通って帰ろうや」

突然橘さんが大声でそう言い、減速して俺の隣に並んだ。

「久々に身体使ったからさ、なんか気持ち良かったわ。男ならたまにはケンカせんとね。人蹴り倒した後のこの全身の痺れる疲労感、たまらんくね？　あーウンコしてー」

橘さんがハンドルから両手を離すと、バランスを崩してぐらぐらと上体が揺れた。「おわ、あぶね」とハンドルを掴み、橘さんの前輪が俺の後輪に強くぶつかる。

「ちょ、何するんすか」

「手離したら、チャリってバリ揺れるわ。界もやってみ」

橘さんは小学生みたいにはしゃぎだし、俺のタイヤを蹴ろうとする。ガシャン、ガシャンとお互い照れ隠しのように自転車をぶつけ、車道に押し合う。遠くのトラックに長いクラクションを鳴らされる。

ジョイフルの黄色い看板が浮かび上がるまで、あと数分しかないのが惜しかった。興奮は天井知らずで高まり、くらくらした喜びに吐き気すらしていた。

それからは平日の夜や週末になると橘さんに会いたくて、姿を探しては町をウロウロした。しかしなかなか会えず、そういう時は退屈しのぎに橘さんに雰囲気を似せようと髪をジェルで整えたり、教えてもらったもののまったく良さのわからない映画や音楽を、部屋で繰り返し観たり聴いたりした。歯抜けの林さんに「きさん、すっかり橘の舎弟やな」とからかわれても、それもっと言ってくれ、と心の中で嬉しく思ったりもした。

橘さんはファッションに異常なこだわりがあり、しょっちゅうナイキの限定スニーカーがどうとか、ラッパーとのトリプルコラボのキャップがどうとかスマホでチェックしていた。俺は服になんか興味なくて、最近やっとこの町にできたGUで十分だったたし、ばーちゃんが乗ってる軽トラと橘さんの破れかけた薄いTシャツが同じ値段なのが不思議だった。ボロい服に何万もかけるなら、似たような新品を買った方がいいに決まってるやろと思っていたが、橘さんが欲しがっていた服がメルカリに出ていないかと検索しまくっているうちに、読み方もわからずちんぷんかんぷんだったファッションブランドの知識も少しはついてきた。

橘さんの着ている服がいつも猫の毛にまみれていることにはすぐに気づいた。全身からはいつも薄く獣の臭いがすることも。本人も気にしているのか、リュックにいつも最強力のファブリーズのボトルを入れ、こまめに吹きかけているのを見た。俺自身は、そんなこと別に気にならなかった。つるんでる奴らのボロい部屋は安っぽい車の芳香剤の匂いとか、湿気《しけ》たたばことマリファナのウンコみたいな臭いがしていたし、畦道《あぜみち》を歩けば肥料の糞《ふん》の臭いがする田舎町だった。

それでも初めて橘さんの家に行った時、飼っている猫の多さは想像を遥かに超えていた。

「何匹おるんすか」

「えー、多分二十は超えてんじゃやね？　半ノラだから全部は把握できてねーけど、多分そんくらい」

「全部名前があるんすか」

「うん、お前の足元にいるのがレオ、その横におるんがグッチっていうボス猫の子供で、テテ。で、ティッシュの上に乗ってるのが、レオ。あ、違うわ。レオはそっちにいたか。それはゴロウやったかな。よく見ると腹んとこのブチがハート形なんよ」

　毛ヅヤの悪い茶トラが、目ヤニをべた付けした目でこっちを見た。畳の上には猫の毛玉がうっすらと積もっていて、猫が歩くとふわふわと舞い上がる。

「抱っこしてもいいすか」

「いいよ」

　狙った白猫はすばしっこくて逃げられてしまったので、眠っているゴロウの首根っこを摑み抱き上げる。柔らかく伸びて顔を近づけるとくしゃみをされて、冷たい鼻水のしぶきが顔に飛んだ。米のとぎ汁のような臭いが鼻についた。爪とぎ用にしている板状の段ボールがいくつも雑に置かれているのが邪魔で、俺はそれを足で隅に追いやる。壁紙には、まだらについた小便のシミが見えた。

「猫屋敷って感じっすね」

「それな。よく言われる。俺の家族、全員猫が好きやけん。俺も生まれた時からこんな感じなんよ。一緒に育ったたっちゅーか。猫は俺の一部。猫のおらん生活なんて考えられんわ」

橘さんの部屋に入ると四畳半ほどの室内にこもる空気に、目がちかちかして重い頭痛が始まりそうになる。苦しくなりそっと窓を開けると、

「すまんね。猫くさいって、よく彼女にも怒られるんよ。やけん、二人で会う時は絶対彼女んちって決まってる」

苦笑いしながら一緒に窓を全開にしてくれた。外は雨の後の土埃の臭い、それからキャンプ場のトイレのような、気力を奪う深みのある異臭がした。窓を開けると、太めの二匹がするりと外に出る。ここでさすがに飯は食えんわ。そう思うと、ヤマの家でペヤングを食べていた頃が急に懐かしくなった。

「界は彼女おらんの?」

「いやー、学校に行ってる時はたまにいたっすけど、今はいないっす。LINE返さんだけでギャーギャー文句言ってきたり、一日置きに好きかどうか確認されたりするんで、うんざりっちゅーか。俺の周りの女子、付き合うといきなり別人みたいになるっす。大人ぶった嘘くさい態度がキモいっちゅーか」

「で? ヤったん?」

「いやぁ、ヤるとかそういう雰囲気全然なくて。公園ぶらついたりするくらいで、

すぐ別れちゃうんすよね。キスは一応するんですけど、別にあれだけじゃ気持ちよくもなんともないし。あんなクソわがままに耐えてキスだけなんて、割に合わんっちゅーか」

「わかる」

銀色の寝ぼけた子猫が俺の膝の上にちょこんと乗った。その重さは、女子のハンカチを拾った時のように軽くて頼りなかったが、抱き上げると、上手に指の間をするりと抜けてどこかへ行ってしまった。

「でも界はモテそうやん。なんか」

「はぁ？　俺が？」

「顔とかさ、かわいい感じやん」

「はぁ？　ないっす。俺、人生でモテたこと一度もないっすよ。橘さんの方が断然男前やん」

「いやー、お前はいまどき流行の、子犬系のイケメンよ？」

「何すかそれ、気持ち悪くないっすか」

「親からいい遺伝子を受け継いだってことよ」

そんなんじゃないっす、と顔を真っ赤にして、何度も否定する。男にかわいいと言われて嬉しいわけがないのに、興奮して胸が強く鳴る。

「でもこの辺りでイケメンだとさ、何しても変に目立っちゃって逆に困るよな。戸川の王子の話知ってる？　イケメンすぎて何しても女が寄ってくるからトラブルになっちゃって。全盛期は芸能人並のモテ方だったらしいやん」

「有名な話っすよね。昔、交通整理の仕事ん時とか、事務所に女が乗り込んできて刃物を持って暴れたからクビになったって」

「そうよ。『王子は私のもんや｜誰にも渡さん』って発狂したらしい。あと、インター下のうどん屋で王子が飯食ってる時も別の女が二人乗り込んできて、王子を巡ってつかみ合いのケンカを起こしたらしい。でも王子も悪くてさ、モテるからって陰で女にひどいことしまくってたらしいやん。金巻き上げたり殴ったり浮気したりで」

「そうなんすか」

「そうそう。元をたどればさ、こんなド田舎で生きていくには王子がイケメンすぎたんよ。他の奴らよりも多く持ってる奴も足りない奴も、この小せえ田舎で生きていくのは難しいわけ。お前もいろんな意味で目立つけんさ、気をつけろや。バルタン王子」

俺は苦笑して、話を続ける。

「でも戸川の王子、今は見る影もないっすよね」

「それな。今となってはハゲてデブのおっさんやもんな。ここらの女はもう奴の本性を見抜いとるけん、誰も相手にせんし。元王子、こないだパチンコで負け込んでさ、腹いせに車で店に突っ込んだっちゅー噂よ」

「あ、そればーちゃんから聞いたっす」

「ま、王子みてーなオワコンの話はどうでもいいんやけどな。俺さ、来月いよいよ東京に遊びに行くんよね。この話したっけ？」

「いやぁそれ、もう何百回も聞いたっすよ」

「古着屋巡るっしょ、ショップ巡るっしょ、あとは渋谷と六本木のクラブ行くっしょ、家系ラーメン食うっしょ。キャバクラにも行っちゃおうかなー。って、まあ高校生には無理やんな。本当は一か月はいたいんやけどねー。ディズニーとかも行ってみたかったし。でも金がねー。ホテルに一泊するだけで五千円くらい取られるん、バリ痛いよなー。界、お前向こうに知り合いおらんの？」

「かーちゃんは東京におるって、ばーちゃんが言っとったけど」

「マジで？　すげえ。東京のどこ？」

「どことか知らんっす」

「父ちゃんも東京なん？」

「よく知らんっす。ばーちゃんの話だと佐賀におるとか。普通のクズらしいっす」

「ま、ここの男は大抵そうなるよな。でも連絡とかないん？」

「かーちゃんからは、誕生日とか正月とか時々家に電話かかってくるけど、俺も妹もシカトっす。あんま顔も覚えとらんし」

「なんでよ。かわいそうやん」

「親の責任感か何か知らんけど、いちいちウザいっちゅーか。電話で済まそうとするんがムカつくんすよね。しかも必ずかかってくるわけじゃないし。でも一応毎月金だけは振り込んでくれるっす。多分水商売やっとるんやろうってばーちゃんが言ってたっすけど……」

もっと話を聞いて欲しかったが俺の話なんか聞き流して、橘さんは東京のプランを嬉しそうに話しだした。東京の何がそんなに胸躍るのかわからない。羨ましくもなんともなかったが、とりあえずいいっすねと返した。買い物なんかネットで十分やし、クラブだって街まで出れば何軒かあるし、ラーメンならわざわざ東京行かんでも、県内にぶっ飛ぶほどうまい店がありますやん。そう水を差したい気持ちがある一方で、自分も東京行きに誘われたりしないだろうかと、そんな淡い期待を抱いてもいた。

「東京にはさ、可能性を感じるんよね」

「可能性?」

「そう。何にでもなれる可能性。チャンスっちゅーこと」

「橘さんは何になりたいん?」

「わからん。音楽かファッションで食っていきたいけど、まあ現段階では無理な世界よね。だってコネも知識も情報もないただのカッペやけん。ここにいたら消去法で将来を決めるしかないわけやん。東京に出ればさ、誰でも挑戦できるわけ。末端の末端くらいには、しがみつけるチャンスが転がっとると思うんよね」

「はぁ」

「界は何になりたいん？」

「えー俺っすか？　わかんねー。鳶《とび》か親戚の畑手伝うか、それが無理なら市内でキャッチとか？　泥水啜る系の仕事で何か」

「はぁ？　ふざけんなし。一生に一度の人生よ？　もっとさ、デカい夢とかないん？　見たことない世界を見てみてえとか、そういうの」

「考えたことないっす」

「マジかよ。夢がなかったら、このド田舎から抜け出せんくね？　やりたいことがあるけん、それを原動力にしてさ、頑張って外の世界に出ようってなるわけやん」

「俺は別に一生ここでいい。それに外とか中とか、境目はようわからんっす」

橘さんとこうしてダラダラ過ごして喋ってるのが一番楽しい。それの何がだめなん？　多分、俺は今が人生で一番楽しい。ずっとこのままがいい。だけど、今が一番だと思うと、ずっとこのままでいたいと思うと、なぜか不意に暗い寂しさに襲われる。

マンガの棚を見ると、ONE PIECEや進撃の巨人や闇金ウシジマくんが全巻順番通りにきっちり揃っている。自分たちの夢や将来の話より、マンガの話がしたい。未来なんてそんなうすら寒い話題より、ルフィたちが結局どうなるのか、そっちの方が断然夢があって展開が気になる。すげぇ天才の大人が描いたマンガを読んで、その世界にぼんやり憧れるだけで十分やん。現実なんかどうせ、流されて行きつく場所にしかたどり着けないんやけん。

「なんかさ、お前を見てると悲しくなるんよね。お前ってバリいい奴やし、優しいとこあるしさ、ルックスもいいし。何か可能性みたいなもんを俺は感じるけど」

「そんなん言ってくれんの、橘さんだけっす」

「頑張ればさ、俺なんかよりもデカいことできそうやん。なのに、その手のことでいつまでもウジウジしてさぁ」

ああまた「それ」の話か。黙ってうつむくと、靴箱から飛び降りた猫が橘さんの足首に頭をこすりつけているのが見えた。

「俺は夢なんかないっすけど、でも悪い奴がおったらそいつまたボコしたいっす。

あれは気持ち良かったっす。こないだみたいに」

やっとそう言うのが精一杯だった。

「こないだ？」

「だからエレベーターの……」

半田を蹴った足先の熱と感触が蘇る。あの日から何度となく思い出しては、夢見心地で穏やかな気分に浸った。自分の強さを認めると、人にも優しくなれる気がした。

「あんなの単なる暇潰しやん。別にいい思い出でも何でもねーし」

「でも俺、あいつを殴ってる時、いい気持ちがしたっす」

「やべー、俺生きてるわーって感じがした？」

「そう、まさにそんな感じっす」

ヘラヘラ笑っていると、「ダメやなー、お前」と橘さんがため息をつく。

「俺最近思ったんやけどさ、世の中って本当は善悪とか正義とか、そんなもんは存在しないわけ。戦争もケンカも、善か悪かの二つにさっくり分けられる状況って、ほとんどないんよね。結局どの立場で物事を見るか、そんだけの話なんよ。

人はさ、自分にとってメリットになる方にしか動かんのよ。わかる？　それがその人にとっての善なわけ。なのにさ、この地元にいる奴らってバカやけんそれに気づかずに、どっちがいいとか悪いとかで、すぐに頭に血が上ってごちゃごちゃ問題起こしてさ。何かやろうとしても、その手前ですぐに揉めてさ、簡単に身を滅ぼすやん」

「でもあいつは……」

「聞けって。お前もそうよ？　こないだのことは、別に俺らの正義の行動なんかやねーけん。そういうのに酔いしれてると、他の奴らみたいにマジでバカな田舎者にしかなれんよ」

すぐには理解できず曖昧にうなずいた。

「人間って弱いけんさ、自分のやってることは正しいって思いたいんよね。どんな場所にいても自分は何も間違ったことしてないって顔のできる奴が結局強いんよ。お前にはまだわからんかもしれんけどさ。周りの目ばっかり気にせんでさ、好きなこと見つけて堂々と生きてりゃええんよ。ビビってるとすぐに悪い奴らに目ェつけられて、弱みに付け込まれて、そんでおしまいやん」

「橘さんがおってくれたら俺はそれで……」

「は？　甘えんなよ。俺には俺の人生があるけん」

黙っていると、「ガキには難しかったか」と笑われた。飯でも食いに行こうやと言われ、ウス、と言って立ち上がる。この獣臭から解放されることにもホッとして、部屋を出た。

＊

学校戻ってこいよ、と定期的に連絡してくれるヤマにＬＩＮＥで、「橘さんって知っとる?」と返信した。

「たちばな？　下の名前は?」

「ゆーいち」

「どこ中?」

「西中だけど今は工業行ってる。高二」

「川越えた先の、猫屋敷の人やろってにーちゃんが言ってる」

「それ」

「あそこの家ってさ、野良猫に餌やるけん近所とえらい揉めとるらしい」

「そうなん」

「どしたん？　何かあったん？」

「別に」

「あそ。界、学校来いや。バリすげーニュースあるけん」

「何や」

「半田のキノコロリコン野郎がいきなり学校辞めた」

「いつ？」

「最近」

「最近っていつよ」

「先週の月曜。突然新しい先生が来た。クソババアだけど半田よりはだいぶマシな」

「それ、もしかしたら俺が半田をボコしたからかもしれん」

「は？　どういうこと？」

「橘さんとこないだ夜に、あいつのマンションにカチコミに行った」

「カチコミ？　何それすげー。バリかっけーやん！　東リベやんけ。みんな知っとるん？」

「まだ誰にも言ってない」

「俺が学校中に言いふらしとくけん！　やけんお前学校来いや。だってロリコン教師がおらんくなったら、俺らも平和っちゅーことやん？」

そういうことじゃない、と思い返事に迷う。

「お前は来週から絶対に学校来い。で、カチコミの話もっと詳しく聞かせて」

ヤマからもう一度返信が届く。

「考えとく」

「考えんな感じろ。とりあえず来いや」

橘さんがついに東京に行ってしまった。俺も暇になったので、結局学校に戻ることにした。ばーちゃんは久しぶりに制服を着ている俺を見て、泣きながら仏壇に手を合わせていた。登校前に橘さんにＬＩＮＥを送ってみるが、東京生活が楽しいのか、既読すら付かない。

久しぶりに教室に入ると、皆がチラチラと俺を見て様子を窺っている気がしたが、大抵の奴らは保育園からの幼馴染で、親の職業や家庭の事情まで知っている親戚みたいな仲だったから、昼過ぎにはすっかり元の雰囲気に戻っていた。それに俺は、ロリコン教師に制裁を加えたヒーローと見なされていた。橘さんと出会ったことで、自分が随分大人になったような気がした。こっちが堂々としていれば、周りはおどおどしているような照れくさそうな、そんな態度を取る。クラスメイトだけではなく、教師すらガキっぽく感じる。生まれ変わったような気持ちで俺は、自分の席から覇者の気分で教室を見渡した。


かつて、半田にコンドームの着け方を教えてもらったという田中杏奈に帰り際に呼び出され告白された時、「え、彼氏おるんやねーと?」ととっさに聞いてしまった。「ああ、さっきちゃんと振ってきたから安心して」と彼女は何でもないふうに答えた。

田中杏奈が小学五年の時にブリーチした金髪で登校してきたのは衝撃的な事件

だったが、見た目を派手にすることはとっくに卒業したのか、今では肩につきそうな長さの清楚な黒髪を、サラサラと揺らしている。キャラ変というよりも七変化、そして小六の時、英会話教室の大学生講師と付き合っているという噂があったことをふいに思い出した。

田中杏奈が客室乗務員になるのが夢であるということは学校中が知っている。だから高校は地元を離れて海外留学制度のある金持ち学校を受験するつもりだということも。母親はギョッとするくらい美人の韓国人で、旅館街でスナックを二店舗経営していた。本人も母親に似たきりっとした顔立ちの美人で人気者だが、それより面倒なことになったと俺は思った。告白を断るのも受け入れるのも、どちらにしろ注目されるのは気が重い。よくわかんねーからと一旦保留にして、ヤマに相談したい。さっきまで俺にみなぎっていた自信はとっくに崩れ去っている。とにかく、田中杏奈の生きる派手な世界に巻き込まれるのは厄介だと、本能が警告している。

「学校休んで何してたん？　うち、ずっと界くんのこと気になっとったんよ」

「別に何もしとらんよ。何かするにも金がいるやん。金ねーけん、町も出れんし、マンガ読んだりぶらぶらしたり」

「そうなん？　うち、この間駅前で界くんが誰かとチャリでどっか向かっとるの見たよ。だいぶ年上の男の人。イエス様か何か、バリでっかい顔のTシャツ着てて目立ってた」

「ああ、あれは工業高校行ってる先輩。胸のとこの写真は多分外国の、昔のバンドか何か」

「そうなん。バリおしゃれやね。でもうち、おしゃれな男の人ってあんまり好きやないかも。なんかさナルシストやん？　女子のファッションについても、あれこれ文句言ってきそうで、なんか苦手」

「その人、今東京に行ってるんやけどね」

「ふーん。東京ねえ。うち、毎年ママと行ってるよ。原宿とか新大久保とか。いつもホテルオークラに泊まってたんだけど、最近はフォーシーズンズってとこに泊まってる」

「へえ。いいやん」

「でしょ？　で、うちらどうする？　付き合う？」

「えーと、じゃあ……」

「じゃあ、どっち？」

「はい、付き合う」

わかりきった答えだと言うように、「うん、だよね」と田中杏奈がにっこり笑った。

「うちのことは杏奈って呼んでね。界くんは、界ちゃん、界ピ、やっぱり界でいっか」

「わかった」

「じゃあ、呼んでみて。うちのこと杏奈って」

「え、今？　無理」

「だめ」

緊張して顔が赤くなるのがわかる。照れ隠しでヘラヘラ笑うと田中杏奈も一緒に微笑《ほほえ》んだが、逃がしてくれそうにはなかった。息が苦しい。

「えっと、あ、杏奈……」

「ちょっと、やだー。バリかわいいんやけど！」

ご機嫌にそう言って上を向いてケラケラ笑った。

「あのさ、界が半田先生をボコボコにしたっちゅー噂は本当なん？」

「まあ。誰に聞いたん？」

恰好つけてそんな些細なこと、とっくに忘れていたかのようにそっけなく答えた。

「え、皆噂してるし！　噂じゃなくて本当やったんや。すげー。バリ恰好いいやん」

「別に余裕っしょ」

「まあね。じゃあさ界のおかげで、あの先生はこの学校からいなくなったん？」

「そういうこと。俺らにビビったんやと思う」

「俺らって？　さっき言ってた先輩と一緒にやったん？」

「そうやけど」

やばーい！　帰りながらもっと詳しく聞かせてよ、と言われたが、俺は友達を待たせているから、とクールに断った。田中杏奈は残念そうに教室を出て帰っていった。誰もいなくなった教室で、やっと田中杏奈から解放されたことに安堵し、大きなため息をつく。

「呼び出し、何やったん？」と校門のそばで待っていてくれたヤマが駆け寄ってくる。「告られた」と言うと、「マジで？　あの田中杏奈に？　あいつバリかわいくね？　界、すげえやん。でかしたやん。あいつなら余裕でヤらせてくれるっしょ！」と、まるで自分のことのように手を叩いて喜んでいた。ヤマが喜ぶので俺もそうか、と嬉しくなった。

翌日、帰りの会が終わると机の前にやってきた田中杏奈に「一緒に帰ろう」と言われた。隣にいた竹中たち女子グループが、好奇心丸出しのキラキラした顔で俺を見る。

「でも今日も友達と……」と言いかけてヤマを見ると、「いいから行け行け」と真顔のヤマに合図を送られてしまう。

俺はしぶしぶ田中杏奈の横に付き、リュックを背負って廊下に出る。靴を履き替え、校舎の外に出ると、夕方の陽差しの強さに一瞬クラッと目眩《めまい》がして記憶が飛びそうになる。俺、今何しとるんやろ。太陽近くね？　しばらく学校をサボって夜行性の生活を送っていたせいだ。さらにこの先の田中杏奈と二人きりの道のりを想像するとどっと疲れてしまう。何を話せばいいのかわからず黙っていると、

「うちらさ、保育園の頃から一緒なのに、あんま喋ったことないよね」

と、田中杏奈が俺の顔を覗き込んで歯を見せて笑った。

「ねえ、お互い基本情報はおさえとこ。何が好きなん？　食べ物とか」

「ビッグマックとか。あとかつ丼」

「そうなん？　なんで？」

「なんでって……。わからんけど。なんか恰好いいやん」

「じゃあさ、今度一緒に食べに行こうよ」

「どっちを？」

「どっちも。うちは果物全般なら何でも好き」

「りんごとか？」

「そう、りんごとか、みかんとか、バナナとか」

「算数の授業かよ」

「あはは、でもシャインマスカットも好きだよ」

へえ、と言ったきり黙っていると、

「普段、どこで服買っとるん？」

と、聞かれた。こいつ、今日のためにわざわざ質問リストでも作ってきたんか？　次から次へと質問攻めに遭い、内心ため息をつく。分かれ道まで残り十五分。耐えるしかねえ。

「GUとか。でも先輩が服のブランドとか詳しいけん、時々一緒に古着買いに行ったり、おさがりをもらったりしてる」

「界、その先輩のことバリ慕っとるやん」

「だってすげぇ恰好いいんよ。ガチで尊敬してる」

「そうなんや。どこが恰好いいん？」

「全部。言ってることが全部深いし、すげえ行動力がある。あと、本物を知ってる」

橘さんのことならもっと話したい。いくら質問されても答えられる自信があった。

「ここら辺にいる人間とは全然違ってさ、視野が広いっちゅーか。新しい音楽とかめっちゃ詳しくて、何でも知っとる。田舎モンに見えないし、あと結構ケンカも強い」

「へー。いいやん。界にとってヒーローってこと？」

「それに近い」

「へえ。あのさ、この後うちに来ない？」

唐突に話を変えられてしまい、思わず俺は「いいよ」と答えてしまう。しまった、と心の中の俺が膝をついて倒れる。このままついて行った先に何が待ち構えているのか、薄々気づいている。女と二人きりになって良かったことなんか人生で一度もない。でも橘さんなら、ここでビビって断るわけがないよな。そう思うことで自分を奮い立たせるしかなかった。


金持ちのお姫様みたいな、至るところにピンク色のふりふりがついた部屋を想像していたが、部屋には机とベッド、それと本棚だけ。壁にポスターや写真も貼っておらずシンプルなもので、思いのほか狭かった。だけど隅々までしっかりと掃除されており、細長のしゃれた窓から陽差しが細く入った。女の部屋と言えば美咲の部屋にしか入ったことがなく、妹の部屋は床に脱ぎ捨てた服やら推しのグッズやらダイソーの化粧品が散乱していて、部屋というよりは不潔な穴倉。あいつをここに引っ張ってきて、「女なら、いつもこんくらいきれいにしろや」と説教してやりたい。

ベッドに座らされ、ペットボトルの冷えたお茶をもらう。半分ほど飲み干すと、向かいの床にぺったりと座っていた田中杏奈はいきなり制服のボタンを外して胸元を開いた。薄い水色とピンクが混ざったレースの付いたブラジャーに盛り上げられた、ブーケみたいな胸が二つ見えた時、思わず飲んでいたお茶を噴くところだった。女の胸なんか動画で観飽きるほどだったが、生で見ると迫力があり、また神々しさもあった。

「ヤろ」

そう言えば男が服従すると思っているのか、田中杏奈は臆することなく言った。片脚でそっとベッドに乗りあがり俺の手を取って胸元に当てる。でも俺の身体は固まっていて、それ以上動けなかった。ただ目を見開いたまま、胸元を見ているだけの下等生物に成り下がっていた。生のおっぱいをもっと観察したかった。見ていたいだけなんや。田中杏奈のおっぱいの山だけが、この世界に取り残された唯一の天国だった。それ以外はだいたい地獄。ここから目を離したくはなかった。

　頭の隅に残っている、親戚の誰かの結婚式の記憶が突然蘇る。光に包まれた幸せな一日。花吹雪やデカい皿に載った小さいご馳走、参列者一同ほろ酔いで、俺と美咲は代わるがわる、子猫のようにかわいがられたこと。全てを肯定しあう祭りみたいなあの場所が、田中杏奈の胸元にはあった。ブラジャーのレースがウエディングドレスを思い出させたのだろうか。こいつのおっぱいを見ながら、堅そうなウエディングケーキに歯を立てて食らいつきたい。なんか今、俺は甘いもんにかぶりついてそん中に埋もれたい。欲求はなぜかそっちの方向に走ってしまった。田中杏奈が俺の手のひらをいじりながら、「ねえどうしたん、ヤろうよ」ともう一度誘ってきた。ここで逃げるなんて、男として人として動物として、あり得ない。もしも逃げ出したら、こいつはこの出来事を百倍くらいに誇張して学校中で言いふらすだろう。気持ちは焦るが俺の身体はそれ以上動かず、強い意志を持つ武士みたいに眉をひそめ口をぐっと閉じたままじっとしていた。

「でも、ゴムとか……」

かすれた声でやっとそう答えると、「あるよ。半田にもらったやつ」と言って通学用のリュックサックのポケットから二、三個摑んで取り出し、投げつけるようにして渡してきた。

「は？」

「何なん。嘘だよ、冗談やし」

カップラーメンの粉末スープみたいなコンドームの袋を手にした俺は興奮していたし、ヤろうと思えば勢いでヤれる気もした。でも自分が嘘くさい恋愛ごっこに巻き込まれているような虚しさを無視できず、それでも奥深くから煮えるように湧き上がる自分の衝動が醜く感じられた。

「界は、初めてなん？」

「まあ、そうかも」

「口でやってあげようか」

「いや、いい」

「なんで？」

「なんでって……」

「ねえ五島界くん、さっきからどうしたん?」

鼻で笑われた。それから沈黙。死にたかった。でも、死ぬ前にやるべきことがあった。この屈辱を取り払いたい。死ぬのはそれからでいい。腹立ちまぎれにいっそこのまま押し倒して、ぶっ殺すみたいにさっさとヤって終わらせてしまおうかと、ごくりと生唾を飲む。ヤれば家に帰れる。できる気がする。だけどやっぱり身体を動かすことができない。ごめんそういうの、いきなり俺は求めてない。できないわけじゃないけど、なんかそういうの、俺はなんか嘘くさいっちゅーか。

くどい言い訳と思ったのか、田中杏奈は「あっそ」と言って制服のボタンを閉め始めた。

「なーんだ。うち、あんたのこともっと大人かと思ってた」

そう言って、拗《す》ねてスマホを見はじめる。数分前に来たばかりの女子の部屋で取り残されて、俺はどうすべきかわからない。この間橘さんと観た映画みたいに、後ろから抱きしめて機嫌を取ればいいのだろうか。「ありえねー。男の方、キモすぎやろ」と二人で笑い合った気もする。「ごめん」と、ぎこちなく抱き寄せようとすると、田中杏奈は「は? キモ。触らんでや」と力いっぱい振り払った。

「あーあ、うち、間違っちゃったかも。児玉先輩のこと、早まって振らなきゃよかったな」

とりま、七瀬と茉菜《まな》に報告しなきゃー、とわざとらしい声で言ってスマホをパタパタ鳴らしながら文字を打っている。イラついて俺はチッと舌打ちをする。何なんこの女、わがままますぎるやろ。ちょっとかわいいからって調子に乗りすぎやん。

「あのさ、界くん。来月の十七日がうちの誕生日やけん、その日までは付き合うっちゅーことでいい？　だって誕生日にぼっちとか、恥ずかしすぎるもん。周りに恰好つかんし」

胸のボタンをいじりながら田中杏奈は言った。

「は？　何それ」

「そんなん、当たり前やん？　うちの計画を台無しにしたんやけん、ちゃんと責任取ってや」

「計画って何だよ、知るかよ」

「うち誕生日に、絶対に欲しいもんあるんよね。リバーウォークのお店に売ってる星のピアスなんやけど」

橋さんの部屋で事の顚末《てんまつ》を話すと、膝をバシバシ叩いて「マジかよ、今の中学生ってすげーな」と笑われた。「笑い事じゃないっす。女はやっぱバリ鬱陶《うっとう》しいっす」と苦笑いしながらも、久しぶりに会えた橘さんの顔を盗み見して幸せな気持ちになる。東京がいかに楽しかったか、言葉にしなくても生き生きした表情で伝わってくる。水を得た魚。とにかくよかったな、と俺は思った。部屋の半分はショップの紙袋が占めており、靴箱や未開封の洋服のビニールがはみ出して見える。俺の視線に気づいた橘さんは、

「あっちでは俺、分刻みのスケジュールでさ、土産買い忘れたからこれやる」

と、自分の指から外した指輪を俺にくれた。

「この間、インスタで見たんよね。海外のモデルでさ、義足をあえてメカっぽくカスタムさせて、ロボットみたいにしてる人。マッドマックスみたいに恰好良くてさ、時速一〇〇キロで走れそうな感じ。むしろそうやって、足りない身体のパーツをカスタムできるなんて羨ましいって思ったんよね。お前もそうやってさ、

隠すんじゃなくてむしろ個性としてアピールしてみれば？　強くなれるチャンスよ？　目立つってやっぱりバリ恰好いいことやし、人と違うことが個性として武器になる時代よ」

　礼を言い、手のひらに指輪を載せる。こんなものを自分がつけるなんて、想像したこともなかった。

「俺なんてさ、正直どこを取っても平均やん？　目も鼻も手の形だって平凡でさ。カッペの父ちゃんと母ちゃんから生まれた、ただのごく普通の男やん。だから界がちょっと羨ましいわ」

「いやいや、どうしたっすか」

「いやー、東京に行って打ちのめされたわ。あっちに行けば、俺なんかただの普通のガキだったからさ。東京ってマジですげーよ。服にいくらかけてんの？　って感じの若い奴らがうじゃうじゃいるわけ。あー、俺もあんなところで目立ちたいわ」

　橘さんは俺のことなんか見ずに、スマホで写真を忙しくスクロールさせながら興奮気味に思い出を語り続ける。その隙に俺は中指に、十字架模様が入った指輪をはめてみる。俺の手はまるで、友達が欲しくて必死に道化を演じるピエロのようで、わかっていたけど滑稽で見苦しく、「それ」に対する憎悪感が湧き上がる。弱者はおとなしくしとけよ。誰かの悪意が蘇る。この胸の痛みの先にある個性なんか、俺にはいらんわ。指輪をさっさと外してポケットにねじ込んだ。


「実はさ、東京で出会っちゃったんよね。運命の女に」

「え？」

「あのさ、リルサグって知っとる？」

「サル？　知らんっす」

「マジか。いや、結構有名やん。ＹｏｕＴｕｂｅでも結構人気やん。ブラジル人のラッパーでさ、生まれも育ちも日本の北関東の方らしいんだけど、超絶にラップがうまいんだわ」

「ラップって何やったですかね。レコード回すやつ？」

「や、それはＤＪ。この間お前に、ＫＯＨＨの音源結構聴かせたやん。初期の音源。伝説のイエローテープ。お前もあれ聴いて泣いてたやん。あっちがラップな。

まあ、そんなんどうでもいいんやけど、リルサグのイベントに行った時に知り合った女の子なんだけど、アンジェリークっていう子で、」

「は？　外人すか」

「ハーフ。フィリピンかどっかそっちの。その子、リルサグの彼女なんだけど、もうさ、とにかく信じられんくらいに美人なわけ。モデルやってるっちゅーのも納得だし、ハリウッドとかでも活躍できるレベルなんやけど。もう、なんていうか、今まで会った女全部足しても足りないくらいのぶっちぎりのかわいさでさ、その日にホテルでヤったんよ」

「え、でもその人、リルサグの女なんすよね？」

「それな。でもアンジェ曰《いわ》く、付き合いが長いけん、浮気はお互い黙認なんやって。リルサグは二十五くらいだから、いうても結構オッサンなわけよ。アンジェは俺みてーな、自分より若い男の方が話が合うから一緒にいて楽しいんやって」

「へえ」

「アンジェ、俺のことかなり気に入ってくれてさー、来月も会いに行くことにしたんよ。来月だけで三回も夜行バスのチケット取っちったわ」

写真を見せてくれた。二人でラブホのベッドの上にいる写真。アンジェの胸が半分くらい見えたが、はち切れそうな胸はカチカチに硬そうだった。気の強そうな女。眉毛も唇も立体的で、笑顔とも威圧とも言えるような不思議な表情の人形みたいだった。橘さんは写真の中で負けじと眉にぐっと力を入れ、上目遣いに強そうな顔を作っていて、俺はそれを醒めた目で見た。こんなホラー映画のサイボーグみたいな女が本当にタイプなのだろうか。ついこの間まで付き合っていた同じ高校生の彼女は、なんかもっとか弱いアイドルみたいなタイプだった。いつも風邪気味で鼻をすするチビ女。かき氷のシロップみたいな匂いの香水をつけていて、初めて会った時、親指の関節を逆にぐにゃぐにゃと曲げられることが特技だと言って面白がって見せてきたから、俺は一秒で嫌いになった。

「いやー、初めての上京でこんな女とヤれるなんて、俺ってバリついてると思わん？」

「まあ、そうっすね」

「もしかしたら、来月アンジェと一緒にディズニー行くかも」

「へー、ディズニー。いいっすね」

「何なん？　さっきからそればっかやん」

「やー別に。俺と来月リバーウォーク行くって約束は覚えてます？　女のプレゼントにピアスを買うって話」

「覚えとるよ。その日は空けとくけん。どこぞのガキのブランドやろ。さっさと渡して早《は》よ別れろや」

「まあでも、顔は結構かわいいっす」

気を惹きたくて写真を見せると、「うわ、かわいいやん。まあでもちょっと雰囲気がサゲマンビッチぽくね？」と一瞬だけ顔を上げてそう言い、また東京の思い出写真のスクロールに戻ってしまった。


田中杏奈は、「周りには仲良しカップルと思われたいけん」と、周囲に偽装するため、毎日一緒に帰ることを強要してきた。大きな橋を渡り公園を抜けるまで、お互いにスマホから目を離さずに無言で並んで帰る時もあれば、少しだけ会話が弾むこともあった。アニメの話題、誰かの家庭や学校の噂話、あとは橘さんの話。田中杏奈は、会ったことのない橘さんの話をいつもちゃんと聞いてくれて、その魅力を理解してくれているようだった。

「うちも会ってみたいな。工業高校の知り合いって誰もおらんけん。そんなに恰好いい先輩ならさ、うちにも紹介してよ」

橋を渡る途中で風が吹いて、田中杏奈の髪の毛が光の中で輝いて流れた。小さく柔らかそうな耳が、見えたり隠れたりする。夏休みによく遊びに行く川で、水面に躍る賑やかな光につい見とれてしまう時みたいに、じっとそれを見た。まぶしさに、眠くなる。田中杏奈が視線に気づくので慌てて遠くを見ると、河川敷工事のオレンジ色のクレーン車が見えた。空が広い。風をたどれば山が見える。それだけで心が静かに軽くなる。田舎だってこんなに広いのにさ、ここよりもっと広い場所があってそこに行きたいってどういうことやと思う？　わけわかんなくね？　田中杏奈に聞いてみたかったが、うまく言葉にできる自信がなかった。

「橘さんにお前の写真見せたけど、お前なんか全然タイプじゃねーって。サゲマンビッチみてーだって言ってた」

不意に生まれた疑問を打ち消すべく、俺はそう言ってせせら笑った。

「は？　なんでうちの写真見せたん？　橘さんにうちのこと、彼女って紹介したん？」

「いや、それは……」

「別にいいけど。今のところは付き合ってるのは事実やし。それにさ、サゲマンビッチって何？　どういう意味？　それってどこからどこまでが日本語なん？」

「は？　お前知らねーの？」

「うん。知らん。やけん教えてよ。何なんそれ」

「うるせー人に頼んなや。辞書で調べろ」

「そんな下品そうな言葉、辞書に載ってるん？」

「知るか」

俺が焦っているのを見て、田中杏奈は満足そうに笑顔を作って俺の顔を覗き込んだ。

「いいよ、界じゃ話にならん。橘さんに直接教えてもらおう。いつ会わせてくれるん？」

「橘さん、俺も全然会えんもん。最近はたぶん平日も東京に行っとる。向こうに女ができたけん」

東京行きにも余裕が出てきたのか、時々写真が届いた。どの写真もまったく同じ表情で、妙に大人ぶっている橘さん。東京なんか早く飽きて地元に戻ってくればいいのに。俺なんかとつるむのはもう退屈なんかな。

「そうなん。残念やね。早く橘さんに会いたい？」

「まあね」

「界はその女に嫉妬してるんやないん？」

「は？　なんでだよ」

橘さんとのリバーウォークの約束は、前日にドタキャンされた。仕方なく一人で電車に乗り、指定された店で指定された星のピアスを買った。こんな画鋲《がびょう》みたいなもんを買うのに親戚の畑仕事を手伝い、それでも金は足りそうになかったので、美咲の貯金箱から札を少しパクったのだった。田中杏奈との約束を律儀に果たそうとしている自分に呆れて腹が立ち、その日はなかなか眠れなかった。

＊

日課のように橘さんの家の前を通ることにして二週間が経った。諦めかけていたが、その日はいつもと違って、部屋の電気が点いているのが見えた。スマホゲームのガチャを当てた時みたいな、これまでの不運が一瞬で消え去るような、まぶしい喜びに包まれながら、俺は自転車を投げ捨て家の前に駆けつけた。チャイムを鳴らす。心臓が高鳴る。橘さんのばーちゃんが玄関を開けて家の中に入れてくれた時、あれ、と俺は思った。おかしなことに、猫の姿が一匹も見えなかった。首を伸ばして、奥のリビングを覗き見るも、こっちを見返してくるあの動物たちが一匹もいなかった。

「あの、猫は？　前来た時はバリいたっすけど」

「猫？」

ばーちゃんは大きくため息をつき、まるで敵か味方か見定めているような目で俺を見た。

「保健所やいう人が来てな、皆連れてってしもたんよ」

「え？　なんで？　そんなことあるんすか？　人んちの猫を勝手に？」

「せや。一匹残らず持ってかれたんや。腹ボテの子もおったんに、ご近所がうるさくてな。毎度毎度飽きずに役場に文句言ってきてからな。チクりや、チクり。性格ねじ曲がっとるんよ。うちらは何も悪いことしとらんのにな。文句あるなら直接言ってくれって頼んどったんに」

「ひどいっすね」

「せやろ。それがな、うちが毎日餌やってたのに、うちの猫とは言えんのやって。法律や何やってごちゃごちゃ理由付けて、命を軽視する残酷な人らや」

ノックをして橘さんの部屋に入る。猫がいなくなったから、香水の残り香が増した気がした。橘さんが、「おっす。久しぶりやん」と顔を上げる。髪を切って明るい色になっていた。東京で散髪してきたのだろうか。この辺りの散髪屋にはできなそうな、潔《いさぎよ》いもみあげのラインが見えた。

「猫の話、今ばーちゃんに聞いたっす」

「あー、あれね。結構な大事件やったわ」

「ひどくないっすか」

「いやー、まあな。でもそもそもうちがノラに餌やってたけん悪いんよ。近所の人、ずっと迷惑しとったけん、仕方ねーよ」

「でも……。じゃあ今からカチコミ行かんっすか？　このまま黙るのはないっすよ」

「え？　どしたん？　別にそこまでやなくね？」

ヘラヘラ笑う橘さんを理解したくなくて、顔を背けた。

「そこまでのことっすよ。めちゃくちゃかわいがってたやないですか」

「いや、まあ落ち着けって。聞け。実はあれな、俺が保健所の人にチクったんよね」

「は？」

「誰にも言うなよ」

「言わんっすけど」

「『うちじゃ飼えないんで、どうにかしてください』って、俺が電話して頼んだんよね。多頭飼育崩壊ってわかる？　とにかく動物が増えて手に負えない状態のことなんやけど、そうなると行政が世話してくれるらしい」

「なんで？　橘さん、猫は自分の一部って言ってたっすよね？」

そうなんだけどさ、と橘さんが苦笑する。その顔は、苦しい言い訳を必死に暗唱するガキみたいだった。

「アンジェが俺のこと、猫のしょんべんくさいとか言ってくるけんさー。元を絶たねばと思ってね」

「猫、保健所で全部殺されちゃったかもしれんっすよ」

「大丈夫っしょ。多分、優しい人がもらってくれたと思う。今って猫ブームやけん。うちの猫って、どれもおとなしくてかわいかったやろ?」

「いやいやいや……。そんなん都合良すぎやし」

「だってさぁ、悪いのは元々うちの方やもん。周りの人もずっと迷惑しとったし、多分、猫にとってもいい環境じゃなかったってこと。猫たちが幸せならそれでいいやん。え、てかお前、そんなに猫好きやったっけ? 言えばお前んちに一匹あげたけど」

「別に猫なんか好きじゃないっす」

「よなー。糞とかマジでくせーもん。あと猫の毛もさ、なんぼコロコロしても取れんかったしな」

橘さんは笑ったが、俺は笑わなかった。

「大切じゃなかったんすか？　邪魔になったら何でもそうやって簡単に捨てるんすか？　怖いっすよ」

「だからさー、これは別にアンジェのせいだけじゃなくてさ。猫の問題はこの家にずっとあったわけ。近所と長い間揉めてて、いつかどうにかしないといけなかったの。うるせーな。何も知らんくせに」

「すんません。あー、えっと、じゃあ彼女とはどうなんすか？」

「俺たちの仲はバリいい感じよ。二人だけなら何の問題もないんやけどな。あの女、頼んだら何でもしてくれんの。男子の想像を遥かに超えることまでやってくれるわけ。根っからのビッチよ。性の女神。あとね、俺もしかしたら今度アンジエのコネで、渋谷でＤＪやらせてもらえるかも」

「ふーん、なんかそれダセーわ」

「は？」

やべえ、思わず嫌味を言ってしまった。ごまかしてうつむきながら、「いや、すみません」と言うと、橘さんは「お前、何なん？」と不機嫌な顔をした。

「今日、何しに来たん？」

「やー、なんちゅーか。近く通ったんで」

「あっそ」

会いたかったなんて、こんな雰囲気の中では言えるわけがなかった。

「最近どうなん？」

「特に何もないっす」

「俺の方はさ、今結構ピンチなんよね。リルサグが、俺とアンジェの仲を疑ってるらしくてさ。アンジェがこの間ビビって俺に連絡してきたんよ。リルサグって最近八王子かどっかの連合とも関わりがあるらしいけん、ばれたらマジ怖《こえ》えよな」

これ見てよ、と、一週間前のリルサグのツイートを俺に見せた。「いるんだよな、コソコソ動いてばれねーと思ってるカスが」と、書いてある。

な？　な？　と俺に詰め寄る。

「え、これだけでパニクってんすか？　これって本当に橘さんたちのことなん？」

「いやいや、どう見ても俺とアンジェの話に決まってるやん」

「アンジェは何て？　でも、浮気しても別にいいって話じゃ……」

「これまではさ、アンジェも遊び程度の浮気を繰り返してきたわけよ。でも今回は俺とはマジやけん、リルサグがそれに勘づいてキレてんじゃねーかって話。本気の恋愛だからさ。それに俺がまだ高校生っちゅーのもあって、ガキになめられたと思ったのかも」

「いや、でも勘違いってことも……」

「うぜーなお前。なんで信じないわけ？　当事者がマジだって言っとるやん」

「信じてないわけじゃ……。でも、」

「いやいやお前はさ、そもそもただのガキやん？　お前ってさ、ぶっちゃけ何もないのよ。わかる？　空っぽってこと。ここにいる奴らと同じで、経験値なんかほぼゼロやん。俺とお前は全然違うんやて」

「そんなん、わかってますけど」

「わかってねー。俺は東京で有名なラッパーの女に手ェ出して、半グレ束ねてる相手をキレさせたかもしんなくて、やべーとこまで来ちゃったの。これが俺の現実なんだわ。ま、お前みたいな奴には理解できん世界やけん、仕方ないか」

興奮してこめかみに青筋を立てている橘さんに、すみません、と二、三回謝る。

「でも最悪、こっちに逃げちゃえば大丈夫っすよ。東京の奴らがわざわざこんなクソ田舎までは来んっしょ」

「それな。だから今、もっと部屋を広くしようと思って片付けとるんよ。しばらくはここでおとなしくして、状況が悪くなったらアンジェもこっちに呼んでさ、うちで匿《かくま》うつもり。来たらお前にも紹介するけん。アンジェに会ったらきっとお前、エロすぎて度肝抜かすよ？」

橘さんよく見てくださいよ。アンジェなんか嘘くせークソみてーな女やん。ここら辺にいない顔立ちだから、レアっぽく見えるだけっすよ。そう言って橘さんを怒らせて全部を終わりにしたい気もする。だけど実際はそんなことできるわけがなくて、少しでも嫌われないように、「やっべー、かもしれないっす」と笑って取り繕っているだけだった。

なんでこんなに寂しい気持ちになるんやろう。ヤマが公文式に通うからといって一緒に遊べなくなった時も、美咲が部活に忙しくなり、毎週欠かさず二人で観ていたお笑い番組を仕方なく一人で観ている時も、かーちゃんからの気まぐれな電話を待っていた時も、ここまで寂しい気持ちにはならなかった気がする。いや、わからん。もうそういうの、忘れてしまっただけかもしれん。

置き去りにされることは、嫌われることとは違う。だけど同じくらいに苦しい。俺なんかどうせ、な？　わかるやろ？　何を期待しとったん？　いつもみたいにそうやって自分に言い聞かせるしかない。

＊

「お前、今どこ」

昼休み、橘さんから電話があった。

「学校っすけど」

「ヤバいことが起きた」

橘さんは今うちの玄関の前に立っているというので、詳細も聞かずに慌てて教室を飛び出して走る。二階の窓から田中杏奈に呼び止められたような気がしたが、無視した。

家に着くと、橘さんが庭の奥にある古い蔵のそばにしゃがんで身を潜めているのが見えた。わざとらしく震えながら俺を見上げる。

「何してるんすか。そこ、バリ虫がいるっすよ」

「いいからいいから。早よ家ん中入れろや、鍵閉まっとるやん」

家の中に入り、冷蔵庫から麦茶のやかんを取り出すと、橘さんはそれに口をつけてごくごく飲んだ。ばーちゃんが来ると面倒なので、俺は橘さんを部屋の中に入れる。

「俺、終わったわ」

「は？　どうしたんすか」

「しばらくお前んちに匿ってくれん？」

「それは別にいいっすけど」

「さっき何が起きたと思う？　東京の奴らがうちの高校に来たんよ」

「は？　八王子の連合とかいうやつ？」

「それ。俺が、授業終わって教室の席に座ってたらさ、いきなりドアがガンって開いてさ、『橘っている?』ってでかいスキンヘッドの男が入ってきて。で、いきなり首んとこ掴まれて、何も言わずに俺のことボッコボコにして帰っていった」

ここ見てよ、バリ痛ぇよ、と言って目と口の端にある赤黒いあざを俺に見せる。

「急いで逃げたんやけど、尾行されてたらやべーと思って、ちょっと裏山の方に隠れてた。もしかしたら、もう家も知られてるかもしれん」

「ちゅーか住所とかそんなもん、どこでどうやって調べるんすか」

「わからん、どう思う?」

「落ち着いてくださいよ。学校に来た奴も、本当に東京の関係者なんすか。そいつらが、わざわざ飛行機に乗って車借りて、高速乗ってどっかホテル取って、こんなクソ田舎までやってきたんすか? 昔ケンカした奴らと間違えてないっすか?」

「いや、それはない。見たことない奴やったけん」

「もし、そいつらが東京の人間だとしても、俺らはここが地元なんやし、本気出せば余裕で勝てるっしょ。ビビりすぎっすよ」

「バカかよ。東京はレベルが違うけん。リルサグの仲間ってバリやばい連中ばっかりで、人を殺して、海外に逃亡してる奴らとかもいるらしいしな」

「人殺してんのに、なんでパクられないんすか」

「わかんねー。警察もビビってるとか？　それにアンジェとも全然連絡取れんくなったし。あいつもしかしたら今、リルサグに監禁されてるかも」

「いやいや、たかが恋愛のごちゃごちゃっすよ。さっきから監禁とか人殺しとか大げさすぎるて」

ちげえよこれ見てや、とリルサグのＴｗｉｔｔｅｒコメントを俺の目の前にかざす。

「悪人は殺されても仕方がないっすわ」

このつぶやきに、いいねが十二個付いているのを見た。

「だから毎回これだけじゃ、橘さんとアンジェのことかどうかはわかんなくないっすか」

「いや、どっからどう見ても俺のことやん」

どうしよう、俺、マジで殺されるかもしれん……と、橘さんはうつむいた。手が震えている。涙が見えた気がして、俺はギョッとする。

「実はさ、俺、リルサグの家にある機材とか金になりそうなもん、ちょいちょい盗んで、メルカリで売っちゃったんよね」

「はぁ?」

「コツコツ売ったら結果八十万くらいになってさ。結構な大金やん。それでアンジエと二人でちょっとだけハメ外して遊んだ」

窃盗。それは殺されても仕方がないかもしれない、と俺は一瞬思ってしまった。呆れて声が出ない。

「東京行って、やってることはカスやん」

しばらくしてそう言うのがやっとだった。

「だってさ、毎回東京行くのも金かかるしさ」

「盗みなんかショボすぎやん。俺にはファミレスで『食い逃げとか犯罪やけん、すんな』みたいな説教垂れてたやないっすか。窃盗なんか、ここらにいるヤンキーよりもダセーっすよ。なんでそんなことしたんすか? 女にやらされたんすか?」

「いやー、そこはもう覚えてないわ。カップルのノリ的な？」

わざわざ東京に行ってクズみたいなことをコソコソやって、俺には夢とか世界とか正義とか、なんとか偉そうに言ってたくせに。こいつはただの恰好つけのド田舎のチンピラや。そうやって見下せたら少しは楽になれるのに、俺はそれができず、今すぐ何とかしなくてはと、自分のことのように必死に考えた。だけどすぐに何かいい案が思い浮かぶわけでもなく、苛立って自分の学習机の脚を思い切り蹴った。机の上のペン立てがひっくり返り、空のペットボトルやゴミと共に床にぶちまけられた。

もうだめだ殺される、と橘さんがまた言った。ああもう、鬱陶しい。こいつを早く黙らせたい。そうして田舎者でも何でもいいから、昔の恰好いいあの橘さんが今すぐここに戻ってきてくれたらいいのに。

「中学生の家にコソコソ逃げ込んどる時点で、もうあんたの負けやて」

「それな」

橘さんが小さく笑う。

「わかりましたよ。俺がそいつをなんとかするんで。リルサグを殺すんで。それでいいっすよね？」

「は？　お前が？　どうやって」

「後ろから殴って倒す」

「いやいや、話聞いてた？　そんな簡単な話やねーよ。あほかよ、ゲームとは違うんよ。真面目に考えろや。ちゅーかお前、そもそも東京に行ったことないやろ？」

「うるせーごちゃごちゃ文句垂れんな。それで全部終わりっすよね？　リルサグが消えれば問題は全部解決っすよね？　俺、さっと行ってさっと帰ってくるけん」

「お前さ、そんな簡単にやれると思ってるん？　無理に決まっとろうが」

あほくさ、ガキには話が通じんわ、と橘さんはため息をついた。

「だって、それしかないっすか？　じゃあ他にどうするんすか？　俺んちにしばらく隠れて、それで？　どこの誰かもわからん奴が、ここからいなくなるのを待って、それで？」

「だから、それは……」

「思い出してくださいよ。俺ら担任をビビらせて、学校辞めさせたんすよ？　場所と相手が違うだけやん。普通に余裕っすよ。なんで信じてくれんとですか？」

「だってあのセンセーは雑魚やったやん。リルサグはかなりケンカ強いって噂があるし。八王子連合とか……」

「連合とかもうそんなんどうでもいいけん。だってもう嫌っすもん。全部臆測やん。それでビビってってもしょうがないやん。とりあえずそいつを一人倒せば、この問題は終わりってことですよね」

「まあ、概《おおむ》ねそうやけど、物事はそううまくはいかんやろ」

「でもリルサグが消えれば、橘さんは安心できるんすよね。もうビビんなくていいんすよね。だったらバリ簡単な話やん」

「いや、だからさ」

頭に血が上る。これが最善策に決まっているのに、何を弱腰になってぐずぐずしとるんや、こいつはよ？

「単純すぎて、お前ちょっと怖いわ。まさか本当に簡単に人を殺せるタイプやったりして」

橘さんが小さく笑った。

「いや、バリ簡単なことっすよ。橘さんがビビってごちゃごちゃ考えすぎなんやて」

「そうかもな。お前の言う通りかも」

煮え切らない顔をしながらも、橘さんはうなずいた。

「俺、明日行ってくるんで。で、約束なんですけど、これを俺が解決したら、もう東京も行かないでもらえますか。その女とも一生会わないでもらえますか。クソうざいんで」

「わかった、約束する。じゃあさ、東京行って奴らをちょっと脅してくればいいけん。『あ、こいつに関わると面倒だな』って思わせるだけで十分やけん、な?」

「そしたら橘さん、元通りっすよね? また俺と前みたいに遊んでくれますよね」

「マジでやってくれるなら、そんなん、当たり前やん」

あーもう東京飽きたわ、と橘さんが強がって鼻をすすりながら笑う。俺には東京なんか、合わんのかもな。そう言われて返す言葉がなく、俺は黙って橘さんの横に座る。お互い何も言わなかったが、しばらくして橘さんは両手を広げ俺のことを抱きしめると、背中をぽんぽんと叩いた。「マジでありがとう」と、小声でつぶやくのが聞こえた。泣いた後の熱い息が耳にかかる。身体を動かしたら、その瞬間、中から何かがぶちまけられてしまいそうだった。だから身を硬くし、そのままじっとして耐えた。

身体をほどいて俺の顔を見ると、「お前はやっぱ他の奴と違うと思ってたわ」と言った。ずっと待ってた言葉だったけど、その言葉は胸の奥まで響かずに、どこかで溶けて消えていった。

落ち着きを取り戻した橘さんを見送ってから、俺は蔵から古い鎌と木製バットを引っ張り出し、机の上に置いた。なんか硬いもんを後ろから思い切り振り下ろせば、多分人は簡単に死ぬやろう。美咲が合宿の時に使っているデカいドラムバッグの中に鎌とバットを入れる。スマホで夜行バスのチケットを取ろうとしていると、部屋をノックする音がした。美咲だと思い無視していると、入ってきたのはなんと、田中杏奈だった。

「は？　お前何しに来たん？　どっから入ったん？」

時計を見ると、二十三時をとっくに過ぎている。

「美咲ちゃんが入れてくれた。寝てたけど起こしちゃった。妹おったんやね」

「何なん、勝手な真似すんなや」

「今日なんで学校早退したん？　うち、見てたよ。そろそろテスト週間なのにさ」

「知るか。そんなもんバリどうでもいい。俺は明日、東京に行くけん」

「は？　何言ってんの？　落ち着きなよ。明日ってまだ平日だよ？　東京どころか、駅前で補導されるのがオチやん」

「法事とか何とか言えば余裕やろ」

足元に転がるバッグから古い鎌がはみ出しているのを、田中杏奈は目ざとく見つけ、「何これ」と引っ張り出す。あ、やめろや、と俺はそれをひったくる。

「鎌？　界、あんた何しに行くん？　東京で稲刈りでもするん？　てかさこんな刃物持ってたらさ、乗り物乗れんよ？　知らんの？」

田中杏奈は、不思議そうに笑っている。

「人を殺しに行く」

話はそれで終わりだと思ったが、田中杏奈はケラケラと笑い出した。

「なんであんたが人殺しなんか。あほくさ。いきなりどうしたん？　そんなん無理に決まっとるやん」

「うるせーな。こっちの事情にいちいち干渉してくんな」

「東京で誰を殺すん？　お母さん？」

「は？　なんでだよ」

「じゃあ誰？」

「仇《かたき》取りにいく。橘さんの」

「仇？　なんそれ」

「だからお前には関係ない。うざってーけん、もう出てってくれん？」

「あのさ、落ち着きなよ。状況が全然よくわからんのやけどさ、多分、界は橘さんに利用されてるだけやと思う。バカだから」

「別にそれでもいい。俺らのことお前が口出しできる立場にないやろ。何も知らんくせに。死ねや」

「何も知らんし会わせてもくれんやん」

「そ。だからもう帰れって」

「でも、橘さんは界の気持ちに気づいてると思うよ。それで界のこと、いいように利用してるんだと思う」

「は？　何だよ、気持ちって」

「あんたさ、橘さんのこと好きだよね？」

「なんそれ」

「そのまんまの意味やけど。界は橘さんのことが好き。橘さんの話してる時、目がハートになっとるもん」

うわぁ、あほか。俺は大げさに長いため息をつく。やれやれ、このバカ女は夜中に人の家にわざわざやってきて、何を言っとるんや。田中杏奈に関わるとロクなことがないと、告白された時に本能が強く警告していたことを思い出す。

「きさんの話、飛躍しすぎてついていけんわ。好きって何？　妹がハマっとるアニメみたいな、ボーイズラブの世界のこと？　ふざけんなや。現実をちゃんと見ろって。そんなん全然ちゃうわ。絶対に違う。命懸けて違う。キモすぎる。お前もうさっさと帰れや」

「うち、界がゲイってこと誰にも言わんけん。いまどきそんなん、普通のことやん。むしろちょっとさ、皆が憧れる世界っちゅーか」

「言うとか言わんとか、そんな話やねーし。死んでもそんなことあり得んけん。お前さ、一回ヤるのを俺に拒否られて傷ついたからって、そりゃないやろ」

ハハッと俺は意地悪なミッキーみたいに乾いた声で笑う。必死すぎて目が血走っているのが自分でもわかる。自尊心のためだけに人をあざ笑う顔、ここらの大人がよく俺に見せる意地の悪い顔を作って、田中杏奈を見る。

「じゃあさ、橘さんがこうやってさ」

田中杏奈が俺のズボンに手を入れてパンツの上からちんこをそっと摑んだ。一秒、二秒。黒目がじわっと大きく広がるのを感じる。橘さんがさっき俺の部屋で俺の耳元に息を吐いた感触を思い出す。あの時の気持ちを、涙と共にどこかへぶちまけてしまいたい。一瞬そんな気持ちが燃え上がるのを確かに感じた。

「マジでやめろ。汚い手で触んな」

田中杏奈の手を、俺は思い切り振り払った。

「お前マジで何？　頭大丈夫？　変態やん。バリしつこい。俺たちは、俺と橘さんは、ただつるんでるだけなんやけど。マジで何なん？　勝手に変な妄想すんなや。キモすぎ」

「じゃあ言い方を変える。あんたさ、橘さんとこうして抱き合ってみたいと思わんと？」

田中杏奈がぎゅっと俺を抱きしめる。俺はされるがままで、一秒たりとも橘さんのことを考えまいと、腹と尻を締めて強く瞬きをし、身体の反応を抑え込む。途方もなく疲れた、苦しい。この女のしつこさに反発する気力もなく、ただ目をつぶった。

眠る前によく想像した。気持ちのいいまどろみをおびき寄せるように、橘さんのことを思い出した。長い指と銀の指輪、半田を蹴り上げた時の髪の毛の隙間から見えた少し苦しそうな顔とか、声の響き。だから何だよ？　どこからがそっち側なん？

田中杏奈の胸がぎゅっとみぞおちに当たる。柔らかい身体から発する体温が、俺の身体に溶け込み、感情が流されそうになる。俺は慌てて上体をひねって体当たりし、田中杏奈をベッドの上に強く押し倒した。お前もう黙れや、と言ったつもりが声はかすれ、口の端から細くよだれが流れ出た。

田中杏奈は俺を蹴り上げ「やめてよ」と、もがいた。制服の紺のスカートがめくれ上がり、俺は両腕で田中杏奈を抑え込む。

「あんたさ、自分のこと強いと思い込んどるけど実際は全然強くないってこと、わかっとるん?」

「何言ってんだよ? 俺が何してきたと思う? 半田をボコしたのは……」

「違う」

「何が違うんだよ」

「半田が学校からいなくなったのは、あんたの暴力のせいやないけんね。勘違いしとるんよ。うちが半田のこと警察にチクったんよ。だからあいつは学校からいなくなったんやし」

心臓がバクバク鳴る。

「は? 何の話だよ」

「うち、あいつと連絡先交換したんよね。そういう作戦やったけん。そしたら案の定、うちにエロい写真を撮って送れって要求してきた。だからうち、何枚か下着の自撮りを送ったんよ。そしたら次はあいつの家で、二人きりで会おうってメッセージが来た」

「アホか。なんでそもそも半田と連絡先を交換するん？　なんで言われた通りに写真を送るん？　意味わからん。お前が頭おかしいビッチなだけやろ？」

「は？　違うし。証拠を摑むためやん。あいつが猥褻《わいせつ》教師だっていう証拠を残すの」

あ、なるほど、こいつはなかなかの策士やな。と、苛立ちは一瞬消えて、田中杏奈につい感心してしまった。

「でもあいつは、これまで都合の悪いことは全部揉み消してきたんやろ？　親が権力持ってるんやろ？　なんでお前の時だけ……」

「ママに相談して、ＬＩＮＥも見せて、あったことを全部話した。そしたらママ、ブチ切れてお客さんの中で偉い人に片っ端から電話かけてくれたんよ。うちはママがそうして味方になってくれるって最初から思ってたんよね。そしたら弁護士さんで親身になってくれる人がおって、この件をまたうやむやにされんように、学校じゃなくて直接県警に訴えた方がいいっちゅーことになって、それからマスコミ関係の人も一人おったけん、その人にも頼んで半田を脅して、それで消えてもらった」

「じゃあ何？　俺と橘さんがやったことは、あいつにとって別に何のダメージもなかったってこと？」

「多分ね。あんたはイキったってどうせビビらすとか、そんくらいのことしかできんやん」

田中杏奈を見下ろす。言葉が見つからない。ごめん？　ありがとう？　そんなことを言ったら、お互いに傷つくことはわかっていた。

「でもさ、もしも界が橘さんのために東京に行けたら、その時にやっと本当の自分の気持ちを認めるのかもね」

「クソ女。なーにが『気持ち』だよ。そういうくだらねー妄想にこっちは構ってられんのやけど」

「殺すとか何とかも、界の妄想やん。バカが気合いいれて何しとるん？　そんな行動力があればもっと他にやれたこと、いっぱいあるやん。いきなり殺しとか、さすがにあほすぎるんやけど」

「うるせー、人のことなめくさんな」

俺は田中杏奈の顔すれすれの位置を狙い、拳で布団を思い切り殴って脅す。田中杏奈は目をつぶったが、すぐに目を開けて俺を睨んだ。

「界は何かやりたいこと、ないん？　将来の夢とか」

「夢なんかあるわけねーやろ」

「なんで？」

田中杏奈は、きょとんとした顔で俺を見た。

「簡単に夢とか聞いてくんな」

「夢って簡単なことやん。やりたいとか欲しいとか、そういう気持ちに向かって頑張ることやん。うちはね、半田さえ消えてくれたら、界が学校に戻ってきてくれるかもしれんって思ったから頑張ったんよ。それで満足やったけん」

「は？　だからそれが余計なお世話っての。構ってくんな」

「半田とＬＩＮＥするの、死ぬほど怖かったよ。でもうちは正しいことをしたと思う。あんなクズに、界の人生をバカにされるのはおかしいもん。社会のお荷物とか障害者とか、そんなこと、うちはまったく思っとらんけんね」

「お前には関係ないやん。何がしたいん？　なんでそんなことするん？　俺に感謝されたいわけ？　はいはいそうですね田中杏奈さんは賢くて頼れる女ですね。で？　そもそも俺ら、そんなに喋ったこともなかったよな？　なんでわざわざそんなことしたん？」

「毎日、バリ退屈しとったから。こんなクソ田舎にいたら誰でもそうやろ？」

「退屈？　ふざくんな。お前らは、マジで一体何なん？　なんでここで満足できんわけ？　そんで東京東京って、お前らあほか」

「あんたは東京の何を知ってるん？」

「何も知らねー。興味もねー。だからいちいち俺を巻き込むなって」

これ以上大声を出したら、ばーちゃんが部屋に来てしまう。面倒はもうごめんだった。一旦深呼吸して、黙って田中杏奈を睨む。

「退屈だからって俺のこと、おもちゃにすんなって。いちいち勝手に決めつけて騒ぐなや。俺のことかわいそうだって決めつけんなってんの。何も知らずに好き勝手言ってくるお前らが一番クソやけん。いい気になってるかもしれんけど、お前も半田も同罪やけんな。お前の正義感なんかクソ」

「は？　うちと半田が？　なんでそこまで言われないけんの？」

「お前がしつこいから。何だかんだ言って、結局そうやって皆、俺のことを見下したいだけやろ」

「そんなことない。うち保育園の頃から界のこと結構好きやったんよ」

「は？　そんなん知らんし」

「好き」

「死ね」

「だから、好きって言っとるやん」

「知らんわ、詰め寄ってくんな」

「なんでうちと、真面目に付き合ってくれんの？」

「なんでなんでって、お前マジでうるさい」

　馬乗りになっていた身体をのろのろと離し、ベッドの縁に座ってうなだれる。疲れ切って、頭が混乱している。田中杏奈と喋ると、少年マンガの格闘シーンの次のページがいきなり少女マンガの告白シーンに切り替わるようで、そのテンションについていけずに俺はもう途方に暮れている。でも田中杏奈の妄想を完全に否定して、勘違いだったと認めさせるまでは、この部屋から出すわけにはいかない。俺の人生にかかわる。焦っているのに、一方ですでに諦めてもいる。田中杏奈のしつこさに、それからこいつの賢さには勝てない気がしている。どうでもいい。目をつぶってこのまま泥のように眠ってしまいたい。何も考えず何も感じず、何もなかったかのように朝を迎えたい。それが無理ならせめて、この女を黙らせたい。

「きさん、橘さんのこと妄想で勝手に誰かに言ったら、絶対殺すけん」

もう大声を出す気力は残っていなかった。小さな声で言うと、田中杏奈の声も同じくらい小さくなった。

「は？　うちが言うわけないやん」

「俺にまつわること好き勝手に言ったら、ばちくらすけん」

「本当にあんたってさ、自分のことしか考えとらんよね」

「お前はさ、差別されたことない恵まれたガキやけん、知らんだけや」

「あのさ、この町にいる人たちが全員うちの味方だけだと思う？　うちがずっとこの先も安全だって言いきれるん？　うちは大人をハメたんよ？　半田はうちの写真を持っとるんよ？　いつか半田が戻ってきて、うちの前に現れたらどうしようって、ずっとビクビクしながら生きてくんよ？」

「何かあったら、そん時は俺が何とかする」

「笑わせんでよ。あんたに何ができるん？　あんたなんか、ただの頭の悪いイキり中学生やん。そんなデカい鎌を持ち歩いて電車に乗ろうとする、あほなガキやん。勘違いせんでや。あんたはどうせ、何もできん男やて」

「半田が戻ってきたら、ボコしてやるけん。そんくらい、俺には何でもないことやし」

煽《あお》られて返した言葉は、そんな安っぽい捨て台詞だった。

「だからあんたはバカなんだってば。もういい、帰る」

いや、まだ完全に誤解が解けてない。引き留めてこいつを黙らせんと。ピアスを買っていたことを思い出し、「ちょ、待てや」と慌てて椅子の上に立って天袋から小さな箱を取り出す。

「これ。約束してたやつ。やるわ」

手渡すが田中杏奈は礼を言わずに、むっつりしたままだった。

「別にうち、こんなんが欲しかったわけやないんやけど」

「じゃあ返せ。捨てる」

「だめ」

「何なんだよ。この金のために親戚んとこの畑で死ぬほど働かされたんやけど」

「だってうちはあんなふうにあんたにいきなり拒絶されて、バリ傷ついたんやもん」

「いや、突然上から目線でぐいぐいおっぱい見せられたら、誰でもビビるわ」

「そもそもうち、ピアスの穴なんか開けとらんし」

「知るかクソ」

それでも田中杏奈は、白い小さな箱をパカンと鳴らして開けて星を見ると、わ、なんこれ、バリかわいい、と笑った。

「界がゲイじゃないなら、うちとちゃんと付き合ってよ」

「まだ言うん？　しつこすぎる。お前と付き合うんは誕生日までの約束やん。これでもう終わりやろ。あー長かったわ」

「誕生日はあさってやもん。それに、今年の誕生日とは言っとらんよ?」

「うまいこと言っとる場合かよ。もういい。お前一回死ねや」と言って白目を剝《む》く。田中杏奈はいつものように俺を翻弄して少しだけ元気を取り戻したのか、笑った。かわいいため息をついたので、俺も小さく笑った。

「橘さんのこと、好きやし尊敬してる。他の女といちゃついてたら、その女のことを殺したいほどムカつく。だけどお前が勘ぐっとるような、ゲイとかBLとかそういうんじゃない」

早口で俺は伝える。田中杏奈は俺を見上げてうなずく。

「わかった。でもそれってさ」

「違う、きさん何もわかってない。最後まで話を聞けや。そうじゃない。もしそうだとしても、万が一にも、そういう可能性がほんの少しだけあったとしても」

「そしたらうちは応援する」

「違う。聞け。お前はマジで何もわかってない。そんなことしたら俺は破滅する。人生が詰む。俺はここで生きていく人間やけん、俺はここから出ていかん。お前らとは違う」

　だからこれ以上クズみたいな奴らに弱みを見せるのは、無理なんよ。

　俺はかすかに右手を振る。な、わかった？　田中杏奈は理解して、じっとそれを見る。

「あんたは弱くないよ」

「そういうことやないって」

「界にはいいところいっぱいある」

「そんなんどうでもいい」

「橘さんに対する気持ちが、『そういう』んじゃないなら、じゃあなんでうちとちゃんと付き合ってくれんの？　好きって言ってるやん。一度はＯＫしてくれたやん」

「ああ、お前本当にしつこい。無理なもんは無理。気合いでいつまでも押してくんな。頭おかしいやろ」

　俺たちは大人ぶって、空っぽな言葉を投げつけ合っているだけだった。自分の中にある素直な気持ちを表す言葉を持っていなかった。伝えたつもりになって、でも何も伝わってない気がするから不安になって、わざわざ元の道を戻り、相手の様子を窺っている。

　田中杏奈も何度も何か言いかけて口を開けるが、結局黙ってしまった。そして最後に、「もういい、遅いけん帰るね。あんたに何言っても無駄やし」

　と言って、ピアスの箱をポケットに入れてベッドから立ち上がった。

「あのさ、だから……。あの時お前のおっぱい」

　諦めきれずまだ何か言おうとして、慌てて口から出たのはそんな言葉だった。おっぱい。その言葉になぜか涙が出そうになる。身体の熱は冷めて、まるで自分でシコった時みたいに頭がぼーっとしている。呂律《ろれつ》が甘くなり自分でも何を言っているのかわからないが、止まらなかった。

「おっぱいをさ」

「何？」

「お前のおっぱい見た時さ、天国の祭りみたいやんって思った。ありがたい光景っちゅーか。ずっとお前のおっぱいだけ見ながらさ、バカみたいにぼけーっとしてさ、頭おかしくなって、ケーキとかむさぼり食いたいって思って……」

「は？　いきなり何なん？」

「聞けや。グラビアとかＡＶで観るおっぱいは死んどる。でもお前のはバリ生きとるっちゅー感じがする。そう思うとめちゃくちゃ興奮する。でもそれとヤるのは、俺の中では結びつかんってこと。こないだの社会科見学でさ、美術館行ってデカくてきれいなもんをいっぱい観たやん。だからってあそこの絵の前で興奮していきなりズボン脱いでちんこ擦り出すみたいな。俺にとってはそういうこと。立派で神聖できれいなもんの前でエロいこと考えるのは、普通におかしいやん。わかる？」

田中杏奈は噴き出して「美術館？　いきなり何？」と笑った。俺はもう疲れていて、笑わなかった。

「ごめん、もう自分でも何言ってるかわからん。もう何を言っても無理やもん。お前がバカなんか賢いんか、もう俺にはわからんし、いくら喋っても一生伝わらん気がする」

「そんなことないよ」

田中杏奈は真面目な顔でそう返した。それから、「うちはちょっとだけ、界の言いたいことがわかった気がするよ」と言い、じゃーねと笑って帰っていった。

*

橘さんに手配してもらった夜行バスで、俺は東京に向かった。駅前で別れる時に橘さんにもらった三万は、靴下の中に丸めて押し込めてある。田中杏奈の忠告通り、バットも鎌ももちろん持っていかなかった。手持ちの服の中で一番高い服と靴を身につけ、髪の毛をワックスで撫でつけた。足首の細さが目立つアディダスのジャージは、買った時に橘さんに褒めてもらったやつで、汚すことを恐れ一度も着ずにしまったままだったが、今その姿を鏡越しに見るとだいぶ大人っぽく、多分十八くらいには見えるような気がして、士気が一気に高まった。

Ｔｗｉｔｔｅｒを見ると、リルサグが出演するイベントは、週に三回予定されていた。そんなにあるんやったら、どれかのタイミングで殺《や》れるやろうと、ほっとしてあくびをし、バスの窓ガラスに耳をつけ、目をつぶった。

東京駅で降ろされ、電車を乗り継いでなんとか渋谷に向かう。店内で事件でもあったのかと思うほどごった返したマクドナルドの隅に居座り、時間を潰した。それから夕方になるとドンキに行き、フライパンと包丁を買った。バットはバッグからはみ出すし、ダンベルは振りかざすには重すぎる。酒瓶は未成年だからもちろん買えない。硬いもん、硬いもん、と不安になりながらうろついているうちに、フライパンがいいと思った。包丁とセットで買えば、買う時に店員に怪しまれないはずだ。俺はこれからあいつのところに行き、その背後に立ちフライパンで殴り倒し包丁で刺す。なんや、それだけのことか。ビビることないやん。バリ簡単すぎてウケるな。バン、で、グサ、で、終わり。マジかよあっけねー。

イベントは夜の七時からだった。あと三時間もある。またどこかで時間を潰そうかとも思ったが、どこにいても落ち着かないのでクラブの入口がよく見える駐車場で、しゃがんでじっと待つことにした。渋谷は町全体が疲れたようにいつまでも明るく、電池の減りを気にしながら、何度もスマホで時間を確認した。時々風向きが変わると、コンクリートと太陽の優しい匂いがして、地元を思い出して顔を上げた。もうあの場所には戻れない気がした。本当はもっとやりたいことがあった気がする。俺はここで何をしとるんやろうか。何かもっと本気出して打ち込むべきことがあった気がする。サッカーとか野球とか、ゲームとか勉強とか、恋愛とか友情とかさ。読みたいマンガもまだ大量にあるし、実はマンガを描いてみたいとも思っていた。なんかもっと、でっかい憧れみたいなもんが色々と俺にもあった気がする。よく知らん奴を殺す前に、なんかもっとやるべきことが。そういうんは全部この先、どうなってしまうんやろか。俺にはもうこの先はなくて、今日で全部終わりってこと？　わからん。でもさ、東京も地元も結局同じじゃん。ここがどこであれ、俺はやるべきことをやるだけやて。ずっとそうやってきたやん。やめやめ、考えても疲れるだけやん。やるべきことやって、早く家に帰りてーな。

俺と同じようにこれから何かが起きるのを待っている若い連中が、コンビニの前に溜まっているのを見た。皆が憧れる東京は狭くてじめじめした風が吹く、ただの汚い街だった。

金さえ払えば入れてもらえると思っていたのに、クラブの入口に立っていた、ばかでかい出川哲朗みたいな男に「ＩＤ確認」と止められた。あいでぃ？　聞き返す前に列からはじかれてしまった。荷物を引きずりながら駐車場に戻る。入れないのなら、出てくるのを待つしかない。縁石の上にしゃがんで、俺はじっと待った。じっとりと汗をかき、それが乾いた頃、周りがワッと華やぐ雰囲気を感じた。顔を上げると明らかにラッパー風の男が車から降り、五、六人ほどの取り巻きを連れて、談笑するのが見えた。リルサグがどんなラッパーでどれほど人気があるのか知らないが、クラブの周りにいる奴らは興奮気味に彼に吸い寄せられるように近づき、あっという間に道に人だかりができた。男が笑うと周りもつられて大声で笑う。ネットで見たアー写よりもだいぶ太って見えた。白のジャージのせいかさらに着ぶくれして見えて、俺の中からは「やっこ凧《だこ》みたい」という感想しか生まれなかった。道路まで人が溢れ、車がパッパとクラクションを鳴らす。向かいのライブハウスのスタッフが慌てて出てきて、「すみませーん、道に溜まらないでくださーい」と大声で注意している。

俺はドラムバッグをリュックみたいにして身体の前で抱え、ぶるぶると小さく震え続ける身体に力を込めた。大きく二回深呼吸をする。やれるやろ？　な？　足が冷たく震え、それでも一歩ずつ歩き、近づこうとした。世界を終わらせてやる。歩きながら意識が小さく飛ぶが、すぐに手の震えと共に戻ってくる。世の中のゴミを消すだけ。簡単なことやんな？　さっさと終わらせようや。誰も俺のことなんか気づかないうちに終わる。そうやろ？　自分に言い聞かせながら輪の中に入る。無理矢理前に進もうとする俺のことを、取り巻きたちが肘や胴で押し返す。どけや、邪魔やて。小声で威圧しながら人を掻き分ける。近づいてわかったが、リルサグの横にはあの女が立っていた。女は監禁なんかされていなかった。橘さんから送られる写真で何度も見て知ったつもりだったが、実物のアンジェはかなり小柄なプリケツ女だった。二人は仲良さそうに腕を絡めて、時々奥歯まで見せるように大笑いしている。

出川が小走りでリルサグに近づき、耳打ちしたのが見えた。次の瞬間、二人が俺を見る。

「そこの少年、こっち来い」

笑顔のリルサグに呼ばれる。周囲の視線が人だかりの最前線にいる自分に向けられている。出川は電子たばこをシュッと吸い、吐く息と共に「お前だってば、そこのチビ」と面倒くさそうに言った。だが俺は動かなかった。俺は今、俺自身の命令でしか動きたくなかった。そうじゃなきゃ、相手のペースに飲み込まれて失敗する。そんな予感がする。あーそういえばリルサグのさっきの「少年」の発音に少し訛《なま》りがあったよな。ああそうか、あいつって日本人じゃないんだっけ？そんなことを必死で考えているふりをし、数秒間知らん顔を続けると、「お前、こっち来いや」と出川に肩を摑まれる。俺は肘を振り上げ見せかけの抵抗をしながらも半ば諦めて、献上される奴隷みたいにのろのろとリルサグの近くに寄る。

「どうしたん？　聞いたよ。夕方からこの近くずっと張り込んでるって？　君、中学生だよね。俺のステージが見たいの？」

「あ、いや……」

出川が急に愛想よく、「こいつ、マジでオープンの時からずっと、自分はサグ先輩の大ファンだから入れてくれってしつこくて」と下卑た笑顔で、話を捏造《ねつぞう》した。

アンジェが、「リルサグ先生やばー、キッズに大人気じゃん」と言ったので、また皆が笑った。アンジェから鼻が吹き飛ばされそうなくらい強烈な革餅の匂いがして、俺は何度も瞬きをして、遠のく意識を取り戻す。

「二人は付き合ってるんですか?」

俺は早口で聞いた。

「え、何これ。文春か何か? やベーな。俺もそこまで有名になっちゃったか」

違います、と言うと「わかってるよガキが」と出川に睨まれる。

「あの、この女のことなんですけど、高校生と浮気してませんか? ほかにも陰でコソコソ悪いことやってるんじゃないですか?」

夢の中で叫ぶみたいに声がうまく出なかったが、アンジェを顎で指して睨んだ。

「ごめん、何なのいきなり。あんた誰? まずは自分の名前を名乗んなよ」

アンジェの眉毛が小枝を折った時みたいにぐにゃっと八の字に曲がり、不機嫌そうに俺を見た。皆が黙った。チャーンス。俺は自分の流れを掴んだ。気づかれないようにそっとバッグのファスナーに手をかける。殴んなくてもいい、ごちゃごちゃやらんで、いきなり刺せばいいや。いいやん、もうそれで。計画はあっさり頓挫した。

「ねえねえ! さっきからずっと気になってたこと、言ってもいい?」

いきなりのことだった。青白い顔でひょろっとした坊主の男が横から話しかけてきたのでぎくりとして、バッグから手を離しそうになる。季節感を無視した和柄のアロハシャツに汚ないジーンズ、両腕には数珠をたくさんつけている。田舎にいたら速攻でいじめられるタイプで、ニコニコと穏やかな口調なのにしぐさや言葉に妙な威圧感のある、仙人みたいな男だった。

「あ？　何だよ」

驚いて手を止め、仙人の顔を見る。お前は弱いくせになんでそんなに強そうにしてんだよ？　お前に発言権なんかねーんだよ。しかしコワモテ揃いの場にそぐわない意外なキャラクターの登場に、俺はたじろいでしまう。

「君、どこから来たの？」

「は？　誰お前。お前こそどっから来たんだよ。殺すぞ？」

「なんかさ、君って、全体的につるっとしてるよね」

「いや、お前の方がしとるやんけ」

笑わずにはいられなかったが、俺以外は無反応だった。

「そのジャージ、どこで買ったの？　そんなピッチピチのアディダスのジャージ穿《は》いてる人は、北関東のドンキから出てきちゃだめだよ」

示し合わせたように、皆が笑った。

「ほんとだ、チンの言う通りだよ。見て！　足首ほっそー！　やだー、ひよろひよろ！　あたしのわがままボディを見習いなっての。あんたさ、子鹿のバンビじゃん。てかさ、全身黒だしさ、バンビの忍者みたい」

アンジェが長い爪のついた手で指さし、俺を笑う。

「スニーカーもさ、サイズ異様にでかくない？　三十センチくらいあるんじゃないの？　デカい靴で歩くと、かかとがカパカパなっちゃってさ、足痛くなんない？」

仙人にそう指摘されるまで、自分は最高にイケてるファッションに身を包み、この場に馴染んでいると思っていたのが恥ずかしくて、頭頂部から湯気が噴射するほど全身が熱くなる。

「お前誰？　お前の意見なんか聞いてねーし。はい、論破」

俺は負けじと抵抗する。

「論破？　いや、これはそもそも議論じゃないよ。ただ僕は、バンビ忍者君の独特なファッションセンスについて、すごく興味があるから質問してるだけ。取材といってもいいと思うけどね」

「は？　変なあだ名付けんな。ちゅーかお前には関係なくね？」

仙人は肩をすくめ、「ちゅーかって言った？　何それチャイニーズ？」と、口調を真似してからかった。

「外野がうるせーな。てか聞けや。お前のせいで猫がな」

俺はなんとか声を振り絞り、リルサグに向かって大声でそう言った。

「猫？」

リルサグとアンジェが不思議そうに顔を見合わせた。

「猫だよ、猫。ああ？　覚えてんだろ。お前シラ切んなや」

俺はアンジェの顔を見る。

「お前さ、橘雄一って人、知っとるやろ。つい最近までお前、そいつと浮気しとったやろうが？」

「は？　だからさ、あんたマジで何？　誰？」

アンジェが睨み、一歩俺に近づいた。デブが、と思いながら俺は睨み返そうとすると、「あれ？」とアンジェが高い声を出して俺の手を摑んだ。その一言には

「いいもん見っけ」という喜びが込められていた。急いで拳を作って隠したが、リルサグには「それ」が見えたはずだ。

「ねえこの子の、見て」

アンジェがそう言ったけど、リルサグはそれをはっきり無視した。女はつまらなそうに俺の手をぽいっと放した。

「この人、浮気してますよね」

俺はやっと冷静になれた。やるべきことが今わかった。俺はリルサグに向かってそう言った。

「わざわざそれを言いに来たの？」

「そうです」

「もしかしたら、そういう事も過去にはあったかもしれないけどね、今はないと思うよ」

迷子に名前を尋ねるような優しい声で、リルサグは言った。

「そうだよ、何言ってんのこいつ」

アンジェが小声で文句を言い、リルサグの腕をぎゅっと掴む。

「この女、誰にでもケツ振ってんじゃないっすか」

「ちょっと何それ。なんでこんなガキにそんなこと言われなきゃいけないわけ？」

「そうだね。君はさっきからわめいてるだけで、礼儀を知らないよね。人の女のことを悪く言わないでくれる？　確かにこいつは時々クソ女だけどさ、あんまり勝手なこと言うと、いい加減ボクも怒るよ」

「じゃああんたの機材、盗まれたのはどうなんすか？　こっちに八王子連合の奴を送りこんだのは？　あんたっすよね？」

「どこに？」

「九州の」

「何？　九州なんか行くわけねーよ。八王子連合って何だよ。そんなもんあんの？　君はさ、音楽じゃなくてヤンキー漫画か何かが好きなんじゃない？　その小さい脳味噌の中で色々と混同してない？」

「ちげーよ、お前はKOHHみたいなラッパーなんやろ？」

KOHHという言葉になぜかみんながどっと笑う。こいつ、さすがにKOHH

のことは知ってんだね、という声が聞こえ、「ＫＯＨＨさんだろ？　ちゃんとさん付けろって」と、見知らぬ男に真顔でどつかれる。何なんやこいつら。さっきから話が嚙み合わない。このままでは次に進めない。焦って額に脂汗が浮かび、顔が赤くなっているのがわかる。このまま「てへへ」と頭を掻いて照れ笑いしながら、尻すぼみにここから逃げることもできそうだった。リルサグと目が合うが、慌ててそらしてしまう。「負けを認めろ」とその目は言っていた気がする。

もうどうでもいい、話が見えん。とりあえずもう一度橘さんと話し合わんと、このまま突っ込むのはさすがに危険な気がする。こんなに情報が曖昧なままで、踏み切れるわけがない。いいて、もう。きつすぎるて。無理。俺は無理。気づくと俺は奴らに背を向けて、野次馬に思い切りぶつかりながら、走って逃げていた。

「何なんすか！」

電話をかけるとすぐに橘さんが出た。思わず大声が出て、古いラブホテルの壁に蹴りを食らわす。

「知らねえよ。向こうがグルでさ、しらばっくれてるのかもしれんやん」

「いやいや、そんな感じじゃなかったっすよ。俺が言ってること、マジで全部意味わからんっちゅー感じで。アンジェだって全然監禁なんかされとらんし、はっきり言ってめちゃくちゃラブラブだったっすよ。高校で橘さんボコした奴も、本当にリルサグの差し金なんすか？」

「え、じゃあ俺の勘違いやったっちゅーこと？」

「知らんて。もうマジ何だよ。バリだせーやん。俺、皆にからかわれてさ」

「わかったからとりあえずさ、一旦こっちに戻ってこいや」

「は？　なんでだよ。したら、何しに来たん？　俺はよ？」

橘さんのホッとした声に苛立ち、怒鳴り返す。

「あんたは自分のことばっかり考えてから、俺のことをマジで何だと思っとるんすか？　最初から、俺なんかに殺せるわけねーって思って、だから適当に様子見させたんやろ？」

「いや違うけどさ。結果的に何もなかった方がいいやん。人殺しなんかさ、するよりもしない方がいいに決まってるやん？　無事でよかったよ。お前はバリ度胸あるよ。とりあえずさ、今回は俺がやった金で遊んできていいからさ。三万くらい渡したよな？　いいやん。うまいもんでも食ってこいよ。欲しいもん、何でも買えるやん。でも目立つなよ。もうリルサグんとこには絶対に戻るなよ」

「ふざくんなや。俺、覚悟して来たんすよ？　色々考えてここまで来たんすよ？　何もせんで帰れるわけねーやろが」

「いや、お前はもう十分武勇伝作ったし……」

一方的に電話を切り、ドラムバッグを背負い投げのように道に叩き落とす。カラン、と弱気にフライパンが鳴り、急速にやる気と勢いが失われていく。こんなもんで何するつもりやったんやろ、俺。フライパン？　ここで何してるん？　純粋な疑問が湧き上がる。もう帰ってきていいんやってさ。じゃあさっさとバスに乗って家に帰ろうや。田舎の五時のチャイムが聞こえた気がした。夕焼け小焼けの赤とんぼ。皆さんおうちへ帰りましょう。

涙がこみ上げてきて、それを笑ってごまかした。東京なんかさ、バリくせーし人が多くてうるさいだけのとこやん。それに、バカとクソ変人しかおらんかったしな。何なん、マジあほくさ。全員死ねや。

＊

バスの窓側の座席に座ると、流れるタイヤの音を聞きながらじっと考え事をした。このまま何事もなかったかのように、地元に帰るのは嫌だった。だってこのままじゃ、自分がただのアホっちゅーことを証明しに行ったようなもんやん。惨めだった。何か掴みかけた気がしたけど、ビビって何も掴めなかった。あの時、訳のわからないままにリルサグをぶっ殺せたらよかった。檻から放たれたトラみたいに、わき目もふらずに暴れられたら。なんで何もせんかったんや。そしたら変われたのに。強い奴になれたのに。でも、現実は全然そうじゃなかった。俺は偽情報を信じ、勢いだけで東京に来て、悪そうな奴らにちょっと笑われただけで猛烈に恥ずかしくなり、すごすご地元に帰っているただの弱いガキだった。何一つうまくいかなかった。それはあまりにも受け入れられない現実だった。それならいっそ、あの場でリルサグに殺された方がましやった。リルサグは俺の手を見たけど何も言わなかった。それが悔しくて涙がにじむ。思い切り床を蹴ると、前の座席の女が時間をかけて振り返り、俺を見た。

何度目かのトイレ休憩で、どこかのパーキングエリアに入った。トイレに行き、靴下の中から札を抜き取って自販機でコーラを買った。広い駐車場で冷たい夜風を吸い込むと、泣きたい気持ちが潮の満ち引きのように押し寄せては消えていった。

この先俺は、きっと何もなれんと思う。夢の見方を知らんけん。本当は誰にも負けないくらいにデカい夢を持っとるくせに、「それ」のことを誰かに笑われないかって、いつまでも気にしてビクビクしとるけん、自分が一体何者なのかもわからずにいきなり無謀な動きを取ってしまう。心の中ではある日、何かのきっかけで目の前の世界が一変して、いきなり強くなれたりするんやないかって、そんなことも願ったりした。強くなったらもう誰も俺をバカにしない。恐れられ尊敬される世界。最高やん。きっといつか、もしかしたら。戦隊ヒーローを夢見るガキと同じレベルの夢をいつまでも隠し持ち、それが叶った世界を胸に淡く描いて手放せなかった。だけどそれを求めた結果どうなるか、もうわかったやろ？　余計傷つくだけやん、そんで、また振り出しに戻るだけ。

橘さんのことを許したい。ばーちゃんや美咲の顔を見て安心したい。田中杏奈に謝りたい。ヤマとまたバカなことがしたい。それはもう二度と叶わない夢のような気もしたし、手に入れてもまた投げ捨ててしまう気もした。俺はコーラを一気飲みして、残りはコンクリートの上に流した。


バスに戻ろうと駐車場を歩いていると、小柄な女が車のトランクを開けて毛布を引っ張り出しているのが見えた。浮かれた黄色のニット帽に紫のフリースのベスト、溶岩みたいな柄の派手なタイツを穿いていて、これからキャンプに行くつもりなのがすぐにわかる。俺はその女のことを少し離れた場所からじっと見た。あのさ、本当に俺って何もできんクソ野郎なんかな？　本当に俺は何もできんの？　こいつなら、チョロくね？　いけるくね？　興奮しながらそう自問自答し続け、女に近づいた。

「もしかして、キャンプ場に行く人ですか？」

愛想よく俺が声をかけると、浮かれファッションの女はヒッと飛び上がって驚いた。胸を押さえながら「あーびっくりした！　そうですけど」と、眼鏡を指で持ち上げて怪訝そうな顔で答えた。何とかというキャンプ場の名前を出されて、俺は知ったふりをして「あーはい、あそこっすよね」とうなずいた。トランクにキャンプ用具がごちゃごちゃ積まれているのが見える。

「何かありました？」

「えっと僕もキャンプに行くつもりで高速バスに乗ってたんですけど、休憩が終わって戻ってきたら、バスがもう行っちゃったみたいで」

「え？　置いてけぼり？　そんなことあるの？」

浮かれ女はたいそう驚いて俺を見た。俺は手が震えていたが、暗くて相手には見えていないのが幸いだった。

「中学生？　とりあえずバス会社に連絡してみたら？」

「中学生です。スマホは車内で充電中で、荷物も全部……」

「うわ、最悪だね」

そうなんっすよ。あの、もしよかったら乗せて……、そう言いかけると、先を察した女が、

「ごめん！　中学生相手に警戒しすぎだと思うんだけど、私、男の人、ほんと無理で！　でもスマホだったら貸すから、今ここで調べてバス会社に電話してみたら？」

スマホを取り出そうと、車内に半分身体を突っ込んだ女を見た。空が消えたみたいな静寂を感じる。目を閉じ、深呼吸してイメージする。女の腕を引っ張り、バランスを崩したところで馬乗りになって首を絞める。そして気絶するまで何度も頭を蹴る。勢いと力で相手に隙を与えずに抑え込む。ゲームで相手をめちゃくちゃに攻撃するあの感じ。それから俺はダッシュボードを漁って金目のもんを奪う。それから……、そしたら……。

「カンちゃん、お待たせ。豚まんはね、午前中には売り切れちゃうんだって」

別の女の声がして、我に返って俺はそいつの方を向く。同じく眼鏡をかけている、ニット帽にフリースにタイツの女。双子コーデか？　そう思っていると女は俺に気づき、「え、誰？　こわ」と言った。

「サナちゃん大変だよ。大事件があったの。この子、中学生なんだけどね、キャンプに行くのに、乗ってた高速バスに置き去りにされちゃったんだって」

「ええ！　そんなことあるんだ！　確かにありそうだけど、そういうことは絶対にないって思ってた！」

二人は同じように驚き、のけぞって笑った。動作が似ている、ガチの双子かもしれん。なんとなくやりづらさを感じながら、子供っぽい愛想笑いを返した。

「スマホもね、バスの中に置いたままなんだって」

「うそー、ひどくない？　ライフライン断たれすぎ。発車する前に点呼とか取らないの？　ずさんだねえ。じゃあさ、カンちゃんスマホ貸してあげなよ」

「だから、今そうしようと思ってるところなんじゃん」

「ごめーん、私って本当に一言多いよね。だから彼氏も続々と逃げてくんだわ」

「サナちゃん違うでしょ、逃げられたんじゃないよ、『男には女の真の価値を理解できない』でしょ」

「そうだった、気を抜くとすぐにフェムムの思想が頭から抜けちゃうんだよね。まだ私の中にしっかり根付いてない証拠だよね」

二人がじゃれ合うように笑いながら謎のハンドサインを送り合うのを見ていると、乗ってきた高速バスから、運転手が降りてくるのが見えた。懐中電灯とバインダーを持ち、辺りを見渡しながら俺の名前を呼んでいるようだった。いやだ、あそこには戻りたくない。あのバスに乗って地元に帰ればもう二度と、この先何があっても立ち向かえない気がする。

「え、でもさキャンプって、まさかエオの森に行くつもりじゃないよね？」

「え、まあはい」

「どっち？」

「あー、いや、はいっつーか」

俺はどっちともつかない返事をしたつもりだったが、二人はキャーと興奮し始めて、返事を聞いていないも同然だった。

「超偶然じゃん！　じゃあさ、君、やっぱりフェムムの子なんだ。生まれた時からお母さんがフェムムってこと？」

「まあ、はい」

「じゃあネイティブってことか！　でもこれからの時代、若い世代もどんどん増えていくかもね。君、意識高い親御さんの家に生まれてラッキーだね」

「いやぁ、まあ」

「でもさ、君はそのバスに乗って、どうやってキャンプ場まで行くつもりだったのかな？」

「そうだよね、こんな時間に高速バスに乗ってさ、どこで乗り継ぐつもりだったの？　キャンプ場は高速道路からだいぶ離れてるし、普通に考えて無理じゃない？」

言い訳を考えていなかった。運転手がバスの周りをウロウロして、スマホ片手に連絡しているのを横目に見た。生唾を飲み、肩で息をする。いやだ。俺はどうしても、あのバスじゃなくてこいつらの車に乗りたい。そうじゃなきゃ俺はクソ田舎に逆戻り、それからクソみたいな毎日の中に戻るだけ。振り出しに戻るのはいやだ。何かもっとあるやろ。俺にはまだ、できることが何かあるやろ？

＊

「タチバナ君、エアコンそっちまで効いてる？　寒くない？」

サナコが振り向いた。まだ何か世話を焼きたそうに見ていたが、顔を背けて俺は車の窓から夜空を見た。静かに光る大きな星が二つ、天に張り付いているようにじっとそこにいて、時々思い出したようにクリクリと光った。窓ガラスに額をつける。ここは一体何県なんやろう。どの方角に向かって進んでいるんやろうか。ポケットに入れていたスマホが振動する。慌てて尻の下にぐっと押し付け、ばれたかと小さな上目遣いでミラーを見る。

「あと三十分もすれば着くよ。寝てていいからね」

サナコがもう一度振り向いたので、俺は目を閉じた。

なんとか女の車に乗れた。小さな達成感に震えた後、また心の中は空っぽになった。だってさ、俺がこいつらに危害を加えたところで何になるん？　高速道路の向こう側は海なんやろうか、それとも山か集落やろうか。細く窓を開け、匂いで確かめたい。だけど車はただ静かに、光の先を目指して進み続けた。何が起きてもどこにいても、俺の目の前には空と地面が続いてるだけ。だから別にビビることなんかない。暗闇に紛れてしまえば何もわからなくなる。正義とか悪とか強さとか意味とか気持ちとか、そういうの全部。流れるタイヤの音が心地よく、両手で毛布をしっかりと握る。

サナコとカンナ、この二人は二十分前、自分たちで勝手に俺が出すべき答えを導き出してくれた。

「えーっと多分、君の計画だとさ、高速バスでインターロまで行ってさ、そこでハラダさんたちが待ってるはずなんだよね。それからハラダさんのバンに乗って、それからキャンプ場まで行く予定だったと。それなのにバスの運転手のせいで道半ば、一人でここに取り残されてしまったんだよね？」

俺は「おめでとう大正解です！」みたいな顔で落ち着いて女二人を見てから、

「そうです、ハラダさんがそう言ってました」と強くうなずいた。

「かわいそう！　ここでこの子を置き去りにしちゃったら、むしろうちらが犯罪者になっちゃうんじゃない？」

「そうだねえ」

二人はハラダさんに何度か電話をかけたが、繋がらないようだった。

「カンちゃん、乗せてあげようよ。ここにいたら夜の解放ミーティングに遅れちゃうよ。何のために今日来たのかわかんないじゃん。私、今回はかなり溜めてきたんだよ？」

「うーん。そうだなあ。ハラダさんから電話の折り返しもないしねえ」

「だってもう、ミーティングが始まってるんだってば！　ねえ、今こそうちらの女性器の力が試されてる時じゃないの？　決断できずにグズグズしてるのは、判断力と行動力が鈍ってる証拠だよ。もしかしたらこれってハラダさんがうちらのために考えてくれたミッションなのかもよ？　だってパーキングでフェムの子に会うなんてさ、こんな偶然ある？　目的地は一緒なんだからさ。とりあえずキャンプ場に一緒に行って、何か違ったらさ、その時は警察に連絡すりゃいいじゃん」

サナコはスマホで時間を確認しながらそう言った。明らかに焦ってイライラしていた。

「ねえ君、名前は何ていうの？」

「タチバナです」

「タチバナ君、男ってさあ、いつも力で女を支配しようとするでしょ？　でも私たちはね、決して無力じゃないんだな。優れた知恵と団結力があるからね。それにこの車にはキャンプ用のナイフとかガスバーナーとか、武器になるものがたくさん積んであるわけ。だから、下手な真似したら容赦しないよ？」

　恥ずかしそうに笑い、両手で拝みながら俺は礼を言った。


　後部座席に乗るとサナコが「山は寒いからね」と、クマとハートの模様がついた毛布でまるで赤ん坊のように、俺の身体をしっかり包んだ。

「サナちゃんいいの？　その毛布は女性専用だよ？」

　カンナがそう言うと、サナコは笑って何か答えていた。

「サナちゃんは本当に警戒心なさすぎなんだから。私はまだ少し、タチバナ君のこと怪しんでるよ。この子、本当にハラダさんの知り合いなのかなぁ？」

　運転席のカンナが言った。

「絶対そうだよ。ハラダさんってさ、顔超広いんだよ。国会議員の知り合いとかいるらしいし。そういえば今回は子連れも来るって言ってた気がする。それに、もしもうちらが無視してあそこに置き去りにしてさ、しばらく経ってニュースで何か事件があったことを知ったらその方が後味悪くない？　一生後悔案件でしょ。見たでしょ、彼はまだほんの子供じゃん。うちらは絶対にいいことしたんだよ」

「確かにそうかもね」

「それに彼が悪人でたとえば泥棒だったとしてもさ、うちらみたいなキャンパーを狙うと思う？　お金なんか大して持ってないの、見りゃわかるじゃん」

「じゃあもし、レイプ魔だったら？」

「中学生のレイプ魔なんかいるのかな？」

「サナちゃん知らないの？　十代の男の性欲って、マジすごいんだよ？　うち弟がいるんだけど、一日十回とかやる……」

きゃはは、ちょっともーやだ汚ーいと笑いながら、サナコがカンナの肩を摑んだので、車が一度大きく揺れた。

「だとしてもキャンプ場にはハラダさんたちもいるんだし、こっちは二十人近いグループなんだから絶対大丈夫だって。カンちゃん、人に優しくするとね、それは自分の女性器にしっかり還元されるんだからね。人助けは女を爆上げするんだから」

「そうだよね。もしかしたらタチバナ君もさ、許されたいのかもしれないよね。男でいることは罪深すぎるもんね。苦しんでるから今日ここに来たのかも」

「そうだよ。カンちゃんもようやくフェムムに仕上がってきたね。私は嬉しいよ」

「そう言ってもらえて、私も嬉しい！　これからも頑張らねば！」

時々聞こえづらかったが、二人は楽しそうにそんなことを話していた。

高速を降りて三十分、砂利道を少し進んだ後、ゆっくりバックして車は駐車場に停まった。

「カンちゃんお疲れー」

「いやー、長旅でしたな」

窓の外を見る。さっき入口に木の看板があったが暗くてよく見えなかった。そしてここは闇のグラデーションが続くだけだったが、フロントガラスの向こうに暖かそうな小さな明かりがちらちら揺れるのが見えた。あそこがキャンプ場だろうか。誰にも疑われなければそこで少し休みたかった。熱いコーヒーでも飲みたい。なんか、こいつらはずっとよくわからんことにかなり気を取られてるから、朝まで紛れ込んでも余裕でバレない気がした。大人の女やけど、クラスの隅っこで真っ赤な顔でキャッキャはしゃいでるオタク女子と一緒やんけ。ちょろいわ。適当に金でも盗んで、タイミングを見てこっそり抜け出して山を下りればいい。気が緩み、シートに座ったままぶるぶる身体を震わせ身体を伸ばした。

「あ、ちょっと待って。電話」

車から降りようとしたサナコが座席に座り直し、もしもーし、と電話に出る。

「え、はい。今着きましたー。ＬＩＮＥしたんですけどねえ。男の子。はい、はい。え？　あ……」

サナコがスマホを思い切り胸に押し当てる。そしてフロントミラーをじっと見ながら、「どうしようカンちゃん、誰もそんな子知らないって言ってる」と、小さな声で言った。

その瞬間、ダン、と車の全部のドアにロックがかかる音がした。

「カンちゃ……」

「サナちゃんはちょっと黙ってて」

慌てて俺は車内から脱出しようとロックをガチャガチャ鳴らし、それが無駄だとわかると何度も窓に体当たりしたりした。

「誰なんだよお前はよぉ。何様のつもりだよ？　男ってのは、やっぱりそうなんだよなあ。去勢されてないオスは野放しにしちゃいけないんだよ。聞いてんのか？　おいガキ、人を騙して楽しいか？　何が目的なんだよ？　どうせまたアンチの荒らしか、迷惑系なんちゃらだろ？　名乗ってみろよ、ああ？」

ミラー越しにどすの利いた声を出し、丸メガネの奥で睨みつけながら、豹変したカンナはそう言った。は？　イキんなやメガネブサイク。お前なんかなーんも怖くねえわ。内心笑った次の瞬間、

「死ねやぁぁぁぁぁぁ！」

いきなりカンナが、甲高い奇声を上げて振り向いた。その瞬間光が走り意識が飛んだ。気づくと俺は激しくむせかえっている。皮膚が焼け眼球に刺すような痛みが走ったが、何も見えず、理由もわからずパニックで身体をよじる。顔面に一瞬で溢れかえった涙と鼻水とよだれの混ざった粘液を必死に目にこすり続け、有害な膜を洗い流そうとした。自分でも聞いたことのない動物のような太い唸り声が喉の奥から強く漏れた。激しくもがき続けるとドアロックが解除され、全員が転がるようにして車の外に出た。

「カン……、クマ……スプレーするな……ら言って……」

唸り声をあげ激しくせき込みながらのたうち回っていると、誰かに足を摑まれた。慌てて両足をばたつかせながらその腕を蹴り上げ、四つん這いで地面を暴れながら逃げようとしているうちに、駐車場の先の真っ暗な崖に肩から転げ落ちた。数秒後、熱く鈍い痛みで意識を取り戻す。喉の奥に溜まった血を唾と共に吐き出し、経験上これは鼻が折れたとわかった。まだ目が思うように開けられず、土を摑んで目の周りにこすりつけながら立ち上がる。息をすると肋骨に痛みが走るので、ゆっくり浅く呼吸をしながら低く呻いた。俺は今、瀕死の狂暴な獣だった。呼吸か悲鳴か区別のできない音を出しながら、一歩進むごとに木に思い切りぶつかって転び、太い枝や岩に服をひっかけては倒れた。足音と呼吸、そして虫の音が途切れ、また鳴き出す。額に流れる血と脂汗で目をこすりながら歩いていると鋭利な岩にわき腹をぶつけ、膝から崩れ落ちた。呼吸が止まる。激痛で息が吸えない。今の衝撃はヤバかった。無課金で脱出はさすがに無理かも。死ぬかもな。死ねえ、俺はこんなわけわからん、何県かもわからんような山奥で死ぬん？　嘘やろ？　ばーちゃんごめんやで。

意識が薄れ、まぶたの遠くに光が見える。目を閉じて早く楽になりたい。力を抜くと硬い眠りの底に落下しそうになるが、血の臭いに巻き込まれるようにして目を覚ます。

さっき一撃を食らわせてきた岩に抱きつくようにして這い上がり、再び歩こうとした。何度か木にぶつかっているうちに気づいたが、自分はただ目の前にある同じ大木に、行き止まりのゾンビみたいに繰り返し体当たりしているだけだった。気づいて足を止める。何なんこの木、バリうぜえ、倒してえ。俺はもう早く帰りたいんやけど。イラついて木を殴った。樹皮が指の皮膚をこすり、骨には痺れるような痛みが広がる。もう一発、押し込むように左からもう一発。跳ね返る力で上体が揺れる。確実な痛みが返ってくるのが楽しくてやめられない。

俺は死なない。この俺がいつ諦めるって言った？

まとわりつく闇が少しだけ軽くなる。夢なんか見なくても、今がもうその夢の中だと気づく。熱く重たい頭をゆっくり上げると、遠くに揺れる葉の隙間が光っているのが見えた。夜明けが近い。だからまだ終われんのよ。

柔らかい霧雨が降り始め、顔でそれを受け止めた。闇が青い粒子になる。高揚感の波が静かに高まり、歯が震えている。顔を正面に向け直し、俺はデカい木を殴り続けた。タン、タン、タン、タン。正月に町内会でやる餅つきの明るく正しいリズムを思い出す。自分がどこから来て何をしているのかを思い出す。指が腫れあがり、次第に手の感覚がなくなる。力を振り絞ろうとするが、手首から先をうまくコントロールできなくなってきて空《くう》を切る。だけど次の渾身の一撃が決まり、拳が砕ける。それでいい。小指なんかあっても使わねーし。身体が痛んだところで何なん？　誰か教えろや。崩れた身体を樹木にゆだね、肩で息をしながら笑った。痛みは全て熱に変わる。末端から発する心地よい熱さが膨張し全身に広がる時、これまで自分に足りなかったものが、欲しくてたまらなかったものがその熱だったことに気づく。朦朧としていた意識が昇り龍のように天に向かって奮い立ち、大きく長く、夜に吠える。

俺はまだやれる。マジで失敗したらその時に死ねばいいだけ、そんだけの話。もう一度体勢を整えて、肩をひねる。あと一発。

太陽が昇れば今より状況はマシになる。誰よりも早く今日の朝日を見る。そしたら今度こそ俺の勝ち。この森を抜ければ、俺は今よりもっと強くなれる。

初出　「文藝」二〇二三年冬季号

小泉綾子

こいずみ・あやこ

1985年、東京都生まれ。
10代を九州で過ごす。
2022年、「あの子なら死んだよ」で
第8回林芙美子文学賞佳作受賞。
2023年、本作で第60回文藝賞受賞。

無敵《むてき》の犬《いぬ》の夜《よる》

2023年11月20日　初版印刷
2023年11月30日　初版発行

著者　小泉綾子《こいずみあやこ》

発行者　小野寺優

発行所　株式会社河出書房新社
〒151-0051　東京都渋谷区千駄ヶ谷2-32-2
電話　03-3404-1201（営業）
　　　03-3404-8611（編集）
https://www.kawade.co.jp/

装丁　名和田耕平デザイン事務所（名和田耕平＋小原果穂）
装画　大野博美
組版　KAWADE DTP WORKS
印刷　大日本印刷株式会社
製本　加藤製本株式会社

Printed in Japan
ISBN978-4-309-03159-0

この世界は壊すべきである、○か×か？
アクアグリーンの髪を持った怜王鳴門《れおなるど》をめぐる、
驚愕のマルチバース文学が、読むものを挑発する。
第60回文藝賞優秀作。

解答者は走ってください　佐佐木陸

第60回 文藝賞優秀作

おわりのそこみえ　図野象

「あのさ、その『死にたい』も、ファッションみたいなものでしょ？」
――買物依存を抱え、破滅への道を一心に転がる美帆が、
終わりの底で見た予想外の景色とは……？
第60回文藝賞優秀作。